应天武道系列之

刀斧琴壶录

温八无 著

Editorial Comte Barcelona
巴塞罗那伯爵出版社

First edition
Editing by Qinfeng Zhang
First printing June 2021
Published by Comte Barcelona
ISBN: 978-84-122086-9-6
Visit https://comtebarcelona.com

书名：刀斧琴壶录
著者：温八无
版次：2021年6月第1版
编辑：张秦峰
出版发行：巴塞罗那伯爵出版社
ISBN: 978-84-122086-9-6
详情可访问网站：https://comtebarcelona.com

目录

第一章 4
第二章 34
第三章 64
第四章 96
第五章 134
第六章 171
第七章 185
第八章 202

第一章

斧柄在手掌心轻微滑动，掌纹抹过木纹，五指运劲，斧头无法逃脱掌心的钳制，在空中划出一道优美的弧线，劈在身前低矮的木桩上，木桩上的木块应声剖开，断裂处平滑如镜，竟是连细碎的木刺都在刚才那一记劈砍中被震为齑粉。

这是他今日劈开的第一百块木头。他的呼吸平稳，身体丝毫没有出汗，手脚及腰部也未觉得疲劳，只是他的掌纹在与斧柄的摩擦中有些许发热。他身后是他栖身的小屋，屋子建在一片水田与密林的中间，偶尔有贪食的水鸟在水田里吃够了小鱼和虾虫，展翅从他的小屋前掠过，无一例外地都被他的斧头斩杀于屋前。

这里本是一个人烟稠密的村落，只是在一年前村子里一户宋姓人家的妻子蔡氏及三岁不到的儿子无故惨死，男人急怒攻心也跟着暴毙，随后村子里就开始闹鬼，几乎所有村民都在夜深人静的时候听到过死去的一家三口站在自己家门前窃窃私语，还有的人在太阳刚刚落下去的时候，看见田埂上站着一身红衣的蔡氏，在为已经熟睡的儿子梳理着发辫。

村民们承受不了这样的诡异景象，纷纷迁离了这个村落，三个月之内村子里只剩下几个无法行走的孤寡老人。不久他路过此处，觉得这里人烟稀少，也恬静，便决定住在这里，选了一处无人空置的屋子。屋子正对着后山，推开窗户可以望见山上的云气，他对此颇为满意。

某日傍晚，在他从田里上来准备回家的路上，看见一个身穿红衣的女子站在他必经的田埂上，怀里抱着一个不断啼哭的孩子。他停下脚步，与红衣女人之间大约有三丈的距离。红衣女人对着他笑，笑声里有说不出的阴森恐怖，可他毫不动容。蓦地，女人把手中的孩子朝着他扔过去，本来不断啼哭的孩子突然停止了哭泣，只见他在空中翻转身体，轻柔灵动，两只小手探出，手中竟然攥着两柄锋利无比的匕首。

眼见着孩子就要钻入他的怀中，他才轻轻地叹了口气，右手转入身后，解下背后背着的斧头。斧不离身，即便是下地干活，他也一直是把斧头系在背上。孩子的眼中满溢杀气，匕首的尖端也即将触及他的眼眸。

忽然间斧影一闪，红衣女子仿佛看见了一道黑色的、美到极致的弧线，却又好像什么都没有看见。孩童的身体在空中断开，血光暴现，分散掉落在田埂两边的水沟里，分毫没有沾染到他的身体。

他开始往前走，红衣女子似乎被刚才那一斧震住了，这是他发起攻击的绝佳时刻。然而他只迈出一步便停下了，因为有两只手从田埂下方的土壤里伸出来，牢牢地按在了他的脚上。

正在他往下凝视的时候，红衣女子动了。这一动在瞬息间穿越过三丈的距离，她的五指比孩童手中的匕首还要锋利，她要把手指指尖全部刺入他的胸膛。

夕阳在后山顶上化成了一团赤红的烟雾，随即消失得无影无踪，黄昏变为夜晚，晚风吹来，吹过斧头的刃，像一首动情的歌。

黄昏里的斧击是黑色的，而夜晚间的抡斧则是一线刺目的光。

红衣女子的眼睛被光刺痛，在刹那间失去了眼前人的模样，又在同时，她发现痛的并不仅仅是她的眼睛，还有她那引以为傲的十枚利指。

斧头画了一个完美的圆，黑暗的晚风中飘起了十根手指，和一对断腕。

土里的人痛呼着破土而出，与红衣女子一道朝着后山的方向疾驰而去，他没有追赶，只是看着沿路一直滴洒的鲜血出神。天很快就暗了下来，田埂上忽然出现了一盏灯笼，灯笼离他隔着一道水田，他看见一个拄着拐棍、行将就木的老者正在与他隔田相望。

他在极为有限的视野下认出来这个老者正是在村子里无法行走的孤寡老汉。在他正准备装作什么也没发生，沿着田埂继续走回去的时候，灯笼竟然从水田的那头飞了过来，灯笼的后面是那个行动困难的孤寡老者。

拐杖『嘭』地一声插入地面，老汉提着灯笼如一个阴间的来客般站在他身前。他可以察觉到这个老汉身体内部的气息已经完全紊乱，在他眼前的人正在死去，可这个老者却笑了。

『还是等到你了，哈哈哈，我本以为在我死前是没办法向他交代了，哈哈哈，天果不负我！』

『你是谁？你要向谁交代？』他不动声色地问道。

『别急，他很快就会派人来找你了，啊，让我歇一歇，喘口气。』老者太激动了，激动地都没办法拿稳从怀里摸出来的旗花火箭。

旗花火箭在他面前升上半空，夜晚的天空被斑斓的颜色渲染，也映照在他脸上。他收起手上的斧头，心中知道究竟也躲不过去了，不如留在此处，静观其变。他准备向老者告辞，却看见烟花的斑斓凝固在了老者的面庞上，这老汉已经在刚才不知不觉咽了气，只是一身武学根基深厚，死时整个人还全靠一根拐杖支撑。

他回到屋中，点燃桌子上的油灯，草草地吃了些东西，便躺在床上睡着了。他醒过来的时候，油灯还亮着，桌前坐着一个素袍年轻人，手中的火折子刚刚放下，却从怀里摸出来一壶酒。

年轻人对他说道：『文兄如若不再睡了，不知可否与我共饮一杯？』

他懒洋洋地回道：『睡恐怕是睡不着了，不过，我不与不认识的人喝酒。』

年轻人笑道：『文兄何必明知故问。家师早已嘱咐我说，文兄对名饮佳酿颇有研究，平时无事就喜欢浅酌几杯，这壶酒虽算不上极珍之品，也是在下从醴醖坊里讨来的陈酿，还望文兄务必赏光。』

他轻轻地说道：『原来你真是他的弟子。这么些年了，他都未将自己的弟子牵扯进来，怎么现在反而让你们抛头露面？』

年轻人正色道：『家师已经启动覆巢行动，成败在此一举。不仅仅是我，我们壶丘一脉已经全体出动，不仅网罗陈汉当年的旧将，还招揽江西武林名宿。文兄当年在陈皇左近侍候，与家师为首的诸位组成武侯班，家师对文兄甚是欣赏。今特遣在下来请文兄共商大事。』

他喟叹一声，说道：『未曾想，令师居然真的走了这一步棋。』

年轻人目中精芒闪烁，应道：『正是。』

他从床上坐起身来，接过年轻人手中的酒壶，拔开壶塞，豪饮一口，赞道：『好酒。』放下酒壶，他望着桌上那一星灯火，悠悠说道：『昔日令师是陈皇身边第一高手，与陈皇形影不离，我们只是为陈皇与令师效些犬马之劳罢了，欣赏之辞文某实在是担待不起。陈皇在与朱元璋决战于鄱阳湖之前，遣散了我们武侯班与令师，说两军对垒，千万人性命相搏，武者已然发挥不了什么作用了，让我们各谋生路。令师与陈皇自有一番争执，可拗不过陈皇，不欢而散。在我看来，如果不是令师这么些年来贴身保护，陈皇也许早就死在了朱元璋安排的刺杀之下。大明军内高手如云，刺杀陈皇少说也有二十次。最后数次，刺客武功之高，几乎已不在南武林最强双剑之下，若不是令师武道神通，陈皇恐怕早已饮恨。不过，陈皇最后背水一战，已不在乎生死性命，他也许也不想连累了我们和令师吧。』

年轻人说道：『文兄心中自如明镜，不知现在还在犹豫什么？』

他闻言忽而盯着年轻人双眼，缓缓说道：『我只是不想把这捡回来的性命，再投进无望的挣扎中去。』

年轻人突地站起身来，背负双手，踱到桌子的另一边，沉静地说道：『既然如此，家师命在下问文兄，三年前龙湾一战，文兄在撤离时被大明军弓弩师射伤，几乎殒身当场，是不是家师救了文兄？』

他浑身一震，应道：『是。』

年轻人继续问道：『两年前，文兄与其余四位武侯班高手在集庆路意图刺杀李善长，不料遭到飞鸿会紫衣挟刀斧、白日依山尽及黄河入海流的围杀，不但其余四人全部牺牲，文兄亦伤重难支，适时是否有一位神秘黑衣人立拒紫、白、黄三人，救出文兄？』

他低头应道：『是。』

年轻人说道：『黑衣人也是家师安排的，家师算无遗策，屡次救助文兄，这已是不争的事实。家师嘱咐在下，如果文兄犹豫不决，便将这番话说出来，希望文兄可以明白，你的性命实在是家师赠予的。现在，家师要把这条命收回去了。』

他猛地抬起头来，眼中精光一闪，旋即黯然说道：『没错，我确实欠着令师一条命。』

年轻人见他如此，又笑着说道：『此次前来未带什么见面礼，只是朱老打探到北地府的残余隐匿在这后山上，赶走这一村的百姓，图谋让文兄安居于此，瞅准时机再对文兄下手。你们南天门与北地府斗了这么多年，各自损伤殆尽，文兄作为南天门硕果仅存的高手，必然是北地府残余势力的眼中钉。小弟此次来晚了一些，便是去后山绕了一圈，灭尽了北地府的人，作为此次前来拜访文兄的小小敬意。』

他霍地站起身来，身上溢出一股杀气。

『如果我不答应，你今天也会杀了我么？』

年轻人收敛笑容，淡淡地说道：『那就要看文兄的态度了。』

小屋里只有那一盏油灯。油灯的火很小，灯芯细了，平时想让它亮一些都很难。

然而就在二人对峙的那一瞬间，油灯上的火苗忽然膨胀成了一根粗大的火柱。小屋里蓦然间闪过两道优美的弧线，在弧线的中间，仿佛有虚幻的劲力一吐。

只听见轰的一声，小屋四散裂开，墙板与屋顶的瓦片茅草远远地抛飞出去。废墟中二人仍站在原地，桌上的那一苗灯火在夜晚的星空下也好似忽隐忽现。

他左手刀，右手斧，一出手便是全力，竟然也奈何不了那个年轻人。

『左刀右斧，名不虚传，小弟这厢领教了。』年轻人笑道，『看来是小弟多虑了。即便小弟不出手，北地府的人也伤不了文兄毫发。文兄如果要走，小弟也拦不住，小弟现在就等着文兄一句话。』

他默然半晌，将刀斧收回到自己背上，沉声说道：『我文立木还没欠过别人什么，但欠壶丘先生的实在是太多了。』

文立木站在黑夜的轮廓里，看着油灯上的火苗缓缓熄灭，说道：『我跟你走，我要还清欠壶丘先生的债。』

一个男子站在沙丘上等待自己的儿子归来。他只有一个儿子。南国本无沙漠，只是此处在数年前遭受了一场亘古未有的旱灾，稻田枯死，水脉断流，经过数年的风化，此地竟然形成了一处小型沙地。

男子带着自己的妻儿于年前迁来此处蛰居。他的妻子本是一个肤白貌美的人儿，只是跟着他风餐露宿，现在看上去成了一个灰头土脸的农家妇人。沙地中活不了庄稼，男子平日里只是猎狐、猎兔以果全家三人之腹。他儿子长大了，学得了捕猎的技巧，总是自告奋勇地去沙地深处狩猎，幸得天赋异禀，每次总是有猎物带回家。久而久之，男子便不再承担捕猎养家的责任，而是放任自己的儿子去打猎。他自己每天都避在沙堆上的土屋后，坐在日头照射不到的阴凉地里，不知在想些什么。傍晚时分，他估摸着儿子快回来了，便站在沙丘的高处，望着儿子即将归来的方向。

沙地里的气候变幻无常，有时上午炎热无比，下午却飘下一场小雪。男子此时望着沙地里蒸腾起的热浪，看见远处渐渐地显出了一个人影。热气如徘徊的水流，使得男子的视线在黄昏里犹如风中转蓬。他知道儿子回来了，他一天的静坐即将在见到儿子后终结。

出乎他意料的是，那个模糊的身影突然加速，眼看着上一刻还在百步开外，下一刻一只素手却已经搭在了男子的肩头。男子鼻中闻到一股淡淡的脂粉香气，眼前一花，一个身形瘦小、身穿黄色裙装的女子毫无征兆地站在了他的身前。

这女子比他足足矮了一个头，她的右手搭在他的肩膀上就像是抬着手往上够什么东西似的，看上去男子随时都可以把她的手甩开，然而男子却一动未动。

女子在黄昏的沙丘上用左手挽了挽头发，柔声说道：『可算找到你了，宋齐笙。躲在这沙地里还真是费了我不少工夫。』

宋齐笙冷冷说道：『你认错人了，我不是宋齐笙，我也并不认识你。』

女子微微笑道：『你不认识我是没错，可我早就认识你了。昔日陈皇座下四大剑客之首，以一手格物析纹的剑术享誉南武林，即便是号称南武林最强双剑的陈刻舟、张求剑，也未见得能胜得过你。你在高手如云的武侯班里只怕也是翘楚之辈了。』

宋齐笙面色一变，惊道：『你究竟是谁？』

女子不答，只是自说自的：『陈皇与朱元璋鄱阳湖决战，本已遣散了你们武侯班，而你却被大明军收买，在决战中蒙面黑衣，倒戈相向，杀死了不少我陈汉的将士。你以为你蒙着面便能神不知鬼不觉么？你更没想到大明军过河拆桥，决战过后便拆穿了你倒戈的真相，使得明汉两边都派人追杀你，否则你怎么会拖家带口逃亡这么些时日，又岂会躲在这偏僻的沙地之中？』

宋齐笙脸色阴沉，心中琢磨眼前这女子的来历，可他思来想去也毫无头绪。女子仿佛猜中他心事，微笑道：『你不用猜了。家师嘱咐过我，杀死你之前，要给你个清楚明白，他老人家毕竟还是念旧，希望我可以最先找到你，给你们全家一个痛快，否则你们被明汉两边的人找到，可未见得就能死得那么容易。』

宋齐笙心中一凛，突然喝道：『你见到我儿子了？』

女子应道：『是那个在沙地里用一支小木弓射兔子的娃娃么？你放心，你一会儿就能在下面见到他了。』

宋齐笙心中悲愤难忍，肩头一耸，弹开女子的手，正要出拳痛下杀手，却发现刚才被女子搭住的左半边身子像是被寒冰冻结住了一样无法动弹。他并未有片刻的迟疑和慌乱，右手一招，沙丘上忽然起了一阵疾风。他与女子站立处的沙子如同漩涡一般旋转起来，一柄通体泓亮的长剑蓦地从沙粒的漩涡里跃升上来，被宋齐笙张开的右手紧紧握住。

女子避开漩涡的中心，颇为欣赏地对宋齐笙说道：『不愧是陈汉第一剑客，被我玄阴冰煞力封住了左半边身体却丝毫不乱，你有资格死在我手里。』

宋齐笙双眼如要喷血，怒喝道：『不知天高地厚的贱人，宋某剑下不知道死过多少自视过高的蠢材！』

女子淡然笑道：『家师曾叮嘱我莫大开杀戒，更别出手过于狠辣，但我从小脾气不好，功成之后往往控制不住火气，与人交手时令很多人死相奇惨，今日恐怕又要令家师失望了。』她双眼一瞪，杀气如潮，即便如宋齐笙也不禁浑身一颤。

女子缓缓说道：『还从来没人敢骂我贱人。』

沙丘上本无风，女子双手张开，身形展运，沙丘上忽然起了一阵暴风。风眼中宋齐笙全力一剑，没有留手，他心中悲愤亲儿惨死，又深谙此女武功奇高，故一出手便是集所有精气神与体力的一剑。这一剑无坚不摧，宋齐笙自负即便陈刻舟、张求剑亲临，也未必能接得下他这一剑。

风暴的中心，女子双臂展开如风火轮。宋齐笙这一剑递了进去，他首先觉得炎热，从剑身传递过来的热度使得他差一点就弃掉手中长剑。随即他又觉得冰冷，这一剑仿佛插入了万古不化的冰岩，他觉得自己的右手和长剑一起被冻结在了阴寒的绝地之中。

这两种感觉交换侵袭着他，使得他的身体止不住地颤抖起来。风暴就在这时笼罩住了他。他在风暴的中心张开眼睛，看见眼前的女子一手炽热如火，一手冷冽如冰，而他的长剑被这两只手抚过，上半截如铁水般溶化，下半截却碎裂如廊下冰柱。宋齐笙从未见过如此瑰丽的武学，他忍不住心生畏惧，正欲开口惊呼的时候，一只素手却掠上他的脖颈，一个含着淡淡脂粉气的声音在他耳旁闪过。

『家师壶丘子，吾乃吾师首徒——沈煜。』

宋齐笙的表情凝固在飞起的头颅上，头颅抛飞出去，在空中冻结起来，落下地时碎裂成百千块。沈煜审视着自己的双手，确认手上没有沾染到血污，喃喃自语道：『还好在他死前给了他个明白，不算违背了师父的嘱咐。』

宋齐笙妻子的尖叫声从木屋里传来，她显然在屋里目睹了一切，被吓得不敢出来。

沈煜走到木屋边，并不进去，只是伸出左手搭在了木屋的外墙上。顷刻间一股火苗从木板的缝隙里蹿出来，当沈煜跃下沙丘的时候，整个小木屋已经淹没在火海之中。

江西吉安青原山上有净居寺，是唐时建成的古刹。宋时宋徽宗游历此处，见山势徐缓，密林幽深，极为适合净心修行，便赐名为净居寺，一直沿用至今。住持元旃大师坐镇净居寺十余年，德高望重，在僧道俗三界均载誉颇丰。一日有两名神气内蕴的灰衣男子来到寺里，捐赠一万两白银香火，出手阔绰，且气度不凡，元旃大师虽然在寺里数十年来也见过不少高官巨贾，但却从未遇到过如此风度的布施者。他将两名男子请入方丈室稍歇，命堂下小沙弥奉上寺里自种的白眉清茶。茶过三巡，元旃大师合十道：『阿弥陀佛，还未请教二位施主此次意欲捐修什么功德？』他心中已然琢磨好了一番说辞，因为大多数捐银两的信徒会选择在寺内修筑功业塔，以为来世积蓄业报。寺内后院已经密密麻麻地成为了塔林，而元旃前段时间发现天王殿屋顶瓦片残旧，有漏雨迹象，于是便想好了一番劝诫眼前二人修缮大殿的理由。

看上去年纪较轻的那个灰衣男子放下茶碗，轻声说道：『银两如何使用，还请大师定夺，我们绝不干涉。』

元旃大师听后一喜，随即问道：『那不知二位可有什么别的条件么？』

灰衣男子笑道：『确有一不情之请。』

元旃大师刚欲询问，突然从房外跑进来一个惊慌失措的小沙弥，看见元旃便大声喊道：『方丈，祸事了！祸事了！』

元旃眉头一皱，喝道：『佛门清净地，岂能如此大呼小叫！』

小沙弥喘着粗气，憋红了脸，压低声音，急道：『是，是。方丈，可不好了，太师叔祖他又…』

元旃闻言一惊，忙道：『又怎样了？』

小沙弥斜着眼看了看两位灰衣男子，意思有人在不方便说。元旃看出他心思，说道：『你带我去看看。』说毕就要起身跟着小沙弥前去。

灰衣男子站起身来，对元旃说道：『我二人可否与大师同行？』

元旃闻言一愣，婉言谢绝道：『二位还是在此处饮茶稍歇，老衲去去就来。』

灰衣男子笑道：『实不相瞒，在下刚才所说的不情之请便是要见一见老和尚文殊师利，还望大师恩准。』

元旃讶道：『这位施主竟然连老衲师叔的法号都知道，难道是师叔的故人？』

灰衣男子微微一笑，应道：『正是。老和尚发疯发了二十年，为贵寺添了不少麻烦。我与大师同去，说不定还能助大师一臂之力。』

元旃心想既然都知道了，也便没什么好隐瞒，看这二人也不像是什么图谋不轨的人，否则也不会拿出一万两银子来。他略一沉吟，点头说道：『也好。便请二位施主跟在老衲的后面。』

小沙弥先行，四人穿过方丈室的庭院，走过药师殿、天王殿，绕进大雄宝殿的后厅，只听见一众僧人的惊呼声从前厅里传来。

『太师叔祖，可不能拆了佛祖的像啊！』

一个苍老而宏亮的声音懒懒地回道：『有何不可？不过就是一堆破木头罢了。』

『师叔祖啊，您拆佛像也就罢了，怎么连行思祖师的舍利子都拿出来玩了！』

『啊呸！青原行思就是个老撅屎棍！狗屁的舍利子！不过是烧不化的硬骨头，看我敲碎了给尔等开开眼！』

元旃住持急忙赶到前厅，看见上上下下二十几个僧人围着他师叔苦苦理论，而被围在当中的那个老和尚正把行思的舍利子夹入自己右手食指与中指之间。

元旃住持推开众僧，大声喝道：『师叔！万万不可！』

老和尚挑了挑右眼上的白眉毛，问道：『好师侄，又来替师叔解围了。上次你答应我的事何时兑现？我可是听了你的保证才答应你不拆佛像不毁舍利，你今天如果不把你上次答应给我找来的惠能金身摆在我眼前，我立刻就让行思老秃驴的舍利子化为灰烬。』

元旃急得不知该如何是好，就在此时，那个较年轻的灰衣男子却开口说话了。

『堂堂一代高僧，还自称自己为文殊师利菩萨摩诃萨，如今竟已荒唐到了这般田地，装疯卖傻，轻浮出挑，委实是净居寺历代的耻辱。』

文殊师利眯起眼睛看着灰衣男子，仿佛想起了什么，小声说道：『咦，我好像认识你，但却想不起来了，我是在哪里见过你的呢？』他慢慢地走到灰衣男子的身前，众僧都为他让开一条路。文殊师利怔怔地看着灰衣男子，忽然伸出手去，像是要去摸灰衣男子的面孔。

元旃住持大骇，只有他知道，他师叔一生不仅沉迷禅机，亦沉迷于禅心化武。一身武学修为已经高到不可思议的地步，上一次他这么突然伸手，是十年前西域摩尼教护教武尊到净居寺挑衅，被他师叔伸手触了一下前胸，废去了一身的功力。今日他师叔再次伸手，恐怕眼前这灰衣人凶多吉少。

元旃住持捏着一把汗，心已经提到了嗓子眼，却见另一个年纪较长的灰衣男子挥出左拳，击在了文殊师利伸出的手上。二人身体均晃了一晃，围观众僧只觉一股沛莫能御的暗劲席卷而来，都把持不住身形，四下抛跌出去。元旃住持功力不弱，勉强稳住身体，却见那个年纪较轻的灰衣男子直如无事一般，依旧站在原地动都未动。

文殊师利另一只手中指一弹，两指间夹着的舍利子就往灰衣男子的胸口射去。蓦然间红色的器影一闪，舍利子凌空粉碎，元旃住持目力已不能及，只听见年长的灰衣人口中喝道：『老秃驴休得胡来，先接我一锤再说！』

元旃住持陡然间觉得一股大势从地而起，这势头宛如初升的朝阳，缓慢而无可阻挡。他感到整个净居寺都在颤抖，而那个年长的灰衣人却只是挥出了他手中一柄红色小锤。

一锤如动地撼天。

文殊师利的注意力终于从那个灰衣男子的身上转移到了那柄威力无俦的小红锤上。只见他伸出左手食指，轻轻地抵在了那如雷霆万钧的红锤锤身之上。那看上去无可阻挡的一锤，居然被这轻轻一指给截停在半空。

大雄宝殿前忽有邪风。刚才被震飞的僧人们还没站稳脚跟，紧接着又听见一声惊天动地的巨响，眼前豁然一亮，却看见大雄宝殿的屋顶忽地一声被掀飞了起来，屋瓦四处溅射，一众僧人抱头鼠窜，哪里还顾得上眼前正发生着什么。

年长的灰衣人吐了口气，收回小红锤，正要作出第二击的时候，他身侧的另一名灰衣人却伸手拦住了他。他一伸手阻拦，年长的灰衣人立刻退在一边，收起兵器，不再造次。

文殊师利又眯着眼睛盯着他瞧了半晌，忽然像恍然大悟似地拍手笑道：『我记得你！我记得你！你是当年那个号称道境第三人的道根小红锤！』

元旃住持一惊，他也听闻过『道根小红锤』聂道根的名号。昔年保皇一战，聂道根追随其师兄壶丘洞天于庐山会战朱元璋亲征的大明虎师。虎师由大将军徐达率领，朱元璋御驾亲征，身边自是不乏绝世高手。聂道根以一柄泥炉小红锤力克朱元璋派出刺杀陈友谅的三名武学道境高手，锤如仙佛，击碎了他们的道根，一身艺业当场化为乌有。

而他师兄壶丘洞天更是神乎其技，只身闯入朱元璋身边三丈之内，其时正一道张仲纪张天师尚未被招揽入朱元璋身侧，壶丘洞天如入无人之境。徐达见势不妙，万不得已才令贴身保护自己的刘客幽离开自己身侧，前去阻住了壶丘洞天的杀势。刘客幽与壶丘洞天交手一招，朱元璋即被如潮好手重重围护起来。壶丘洞天见良机已去，也不再恋战，退回到陈友谅身边，保住陈友谅平安离去。那一站陈汉大败于庐山，不过壶丘洞天与聂道根却震慑了天下武林。

元旃住持突地想起，聂道根与文殊师利交手前后，自己这边是人仰马翻，然而另一个灰衣男子却连动都没有动过，仿佛什么事情都没有发生一般从容。他略一沉思，立即面色巨变，似乎已经猜到了那人的来历。

灰衣男子微笑着对文殊师利说道：『文殊师利，我问你，如来于你，可是老撅屎棍？』

文殊师利一怔，还未开口作答，灰衣男子已经抢着说道：『便是你这一怔，即可见你本心。』

文殊师利老脸一红，狡辩道：『你怎知老和尚我心中如何想？你这便是汝非鱼安知鱼之乐。』

灰衣男子哂笑道：『昔年玄奘嫌弃道家思想粗陋，都不愿将道家经典译为梵文传介到天竺，如今尔却用上了濠上之辩的说辞，确实一代不如一代。我非汝，自不知汝如何想；可汝为汝，不想着明心见性，却只争这口舌之辞！我再问你，一怔是多少个刹那？』

文殊师利又是一怔，随即回答道：『一怔有数弹指，一弹指为六十刹那，一怔少说也有百来个刹那。』

灰衣男子摇头说道：『荒谬。何来一怔？作何刹那？老和尚你委实是个钝根汉。』

文殊师利叹了口气，喃喃自语道：『为什么我偏偏就要回答他的问题？而且还觉得他说的很有道理？我是怎么了我？』

灰衣男子哈哈一笑，朗声说道：『只因你我在二十年前有过一战之缘，之后你疯居于此，只怕你的疯癫与我也脱不了干系。缘起生灭，万事自有因果，互为因果，而因果之念便不存。文殊师利菩萨，可还记得我的真身？』

文殊师利瞪大了眼睛，忽而拍手笑道：『想起来了！想起来了！你是有佛祖般大神通、挥斥魔王与帝释天如草芥的维摩诘居士！』

灰衣男子微微一笑，也不辩驳。元旃住持走上前来，对着灰衣男子施了一礼，叹道：『未知是壶丘先生亲临，老衲实在是怠慢了。』

灰衣男子回了一礼，说道：『大师客气了，在下如今只是浮云浪人，何来怠慢之说。』

元旃住持叹道：『壶丘先生驻颜有术，实在是没法从容貌上看出什么端倪。』

文殊师利此时却在一旁插话道：『维摩诘居士此来可是有事找我文殊师利？这破烂净居寺我已经呆腻了，不如居士显大神通，带我去三千大世界一游如何？』

壶丘先生笑道：『正是有事需要你随我一行。你收拾一下行装，今日便与聂师弟一同返程。』他对文殊师利说话，倒没有像对元旃住持那么客气。

文殊师利摸了摸头，对着聂道根一顿挤眉弄眼，复又对壶丘说道：『我怕他路上会再打我。』

壶丘先生笑道：『聂师弟小红锤虽厉害，但想必也奈何不了你文殊师利大菩萨。』

文殊师利听见壶丘夸奖他，眉眼间尽是得意之色。

元旃住持苦着脸对文殊师利埋怨道：『师叔，可是，行思大师的舍利子毕竟是被毁了・・・』

文殊师利『啪』地拍了下元旃住持的脑门，喝骂道：『这死秃驴！你师叔唬你玩儿的！我告诉你，我不在的这段时间，你给我好好找惠能的金身，等我回来你要是还没找到，看我不把这净居寺给拆了！』

聂道根在壶丘耳边低语道：『师兄，这老和尚一会儿疯傻，一会儿又警醒，一路上怕会有什么闪失。』

壶丘洒然一笑，回道：『无妨，他既认了我这个维摩诘，便用维摩诘的名义约束他好了。你们先回驻地汇合，我还要去拜访几个老朋友。』

文立木与年轻人一同上路之后，才在交谈间知道这个壶丘子的小弟子叫许名，凤阳人氏，竟是朱元璋的同乡。许名并不像先前那样严肃冷峻，反而在混熟了之后，有一种格外的机敏跳脱之感。他告诉文立木，他们先不急着回去，还有一个人得去拜访。许名在镇上买了一辆大车，两匹拉车的马，和文立木坐在车辕上，有一搭没一搭地聊着。

文立木问他们要去见谁，许名立即苦着脸说道：『唉，是我最不想见的人。我本来想拜托大师姐去的，可大师姐跟她也不对付，非逼着我去。我可不敢违逆大师姐，你可知道，就连聂师叔都对大师姐客客气气的，除了师尊，恐怕这天底下也没人能降得住她了。』

文立木笑道：『你大师姐这么厉害么？怎么江湖上一点名气都没有？』

许名叹了口气，回道：『师尊本来有三个弟子，在我和大师姐之间本还有一个师兄。师尊带着师兄出道，曾一起在陈皇身边行走。那时我还小，大师姐则是女子，师尊觉得不方便，便没有带上她。后来师兄在一次明军策划的刺杀行动中为救陈皇而牺牲，师尊在那次之后便不再离开陈皇左右，也不准我和师姐抛头露面。』

文立木心中一动，问道：『不知道你说的师兄，是否是陈汉初年，在婺源江岭上一人独战数名大宗师级刺客，江湖人称「小列子」的卢御寇？』

许名点头道：『正是。卢师兄精擅沟通天地本源之炁，往往能御风而行，故得此称号。』

文立木暗自感叹，卢御寇当年在陈友谅身边护卫时，他还未进入武侯班，虽有耳闻，却从未亲见。只是听武道前辈们说，卢御寇一身武学天赋冠盖南国，在后辈之中怕是无人可以望其项背。这样的强手都死在了明军的刺杀行动之中，可见朱元璋及其手下臂膀委实招揽了不知多少江湖上的武道巨擘。

许名又道：『可即便卢师兄如此造诣，在大师姐跟前也得忍气吞声。我小的时候还记得有一次卢师兄与大师姐吵架，两人没吵几句就动起手来，卢师兄屡战屡败，屡败屡战，三次之后，罢手认输，后来再也没敢和大师姐顶过嘴。』

文立木心想壶丘子门下都收了些什么样的怪物，委实不是他能够揣测的。他继续问道：『为何不买两匹快马，这样坐在车上不耽误了事么？』

许名哭丧着脸说道：『急什么，我得好好想想，充分地想想，在这大车上晃晃悠悠地想想，想想怎么才能让她见到我而不弄死我。至于怎么样才能说动她参与我们这档子事儿……唉，头疼，我真得好好想想，来来来，你来赶车，我得到车里睡一觉好好想想。』

马车走了半日，停在了道边一处简陋的竹棚外。许名当然没有让文立木赶车，文立木只是牵着缰绳而已。每到需要转向处，车里就会飞出来一枚小石子，击打在马匹的头部，使得马儿朝着被敲击的方向改道。手法之细微、用力之精准，不像是一个二十几岁人能够做到的。

竹棚内卖一些拌粉、竹筒饭和米酒。大碗茶摆在横条桌上随意取用。许名在车里伸了个懒腰，拍着文立木的肩膀，说道：『文兄想必也饿了吧，吃了饭再赶路。』

他一个人要了一份凉拌米粉，一份竹筒饭，一份红油笋干，一大碗米酒。文立木在马车上颠了半日，没什么胃口，只吃了半碗米粉，喝了一碗大碗茶。

许名以笋干下米酒，称赞这道边卖的红油笋干就是和城里的味儿不同。竹棚里做买卖的老板陪笑着说，城里的饭馆是用荤油熬的红油，有些腻人。而他们这荒郊野岭的，平时吃不到什么荤腥，只因山上产茶多，所以平时吃的都是茶油。

许名赞道：『这茶叶真是好东西，又能冲泡，又能煮制，还能榨油。』他喝干了米酒，吃完了米粉竹筒饭和笋干，看见文立木还剩了半碗米粉，揉着肚子说道：『文兄这就不吃了么？不吃饱了肚子，一会儿打架可要吃亏了。』

文立木一愣，问道：『不是熟人么？怎么还要动手？』

许名道：『唉，我刚在路上不是和你说了么，这人特别麻烦，矫情，我想到她就头疼。每次遇见她，三两句不合她意就要动手。动手也没什么，她还爱摆一个大小姐的架子，边动手边教训人，说得你祖上三代都欠管教，这谁受得了？唉，头疼，头疼。』

文立木这才听出来这人是个女子。他淡淡地说道：『一个爱教训人的大小姐，还能被你们拉拢来参与这次行动么？』

许名回道：『这你就有所不知了。她爱教训人还真不是一般的，但凡有人把她鼓动地坐不住了，她连天王老子都想教训呢！当初琥珀山庄那一回不就是么？她听人说琥珀琴师谢吹琴自诩音武道嫡系正宗，独自一人便去了庐江，潜入琥珀山庄内庭，寻到谢吹琴与他理论。谢吹琴惊讶她居然能够悄无声息地来到自己身边，便同意与她抚琴一战。谢吹琴两尾古琴最是出名，一为“妖言”，一为“惑众”。据说当日一战古琴“惑众”当场损毁，谢吹琴负伤大败。后邛棋、骆书及时赶到，二人联手都拿不下她，只能任她飘然而去。这人就是这么个脾气，我师父可能觉得只要言语上能激到她，她也许连朱元璋都想教训教训呢。』

文立木没听说过这回事，不过他听说过谢吹琴、邛棋、骆书的能耐。琥珀山庄可以一统河南行省所有大小门派，主要是因为庐江王座下『琴棋书画』四大武者的战力。谢吹琴是东海方子春一系，早年曾褒贬过俞伯牙一脉的南宫世家，招致南宫引的敌视，然而南宫世家却拿他毫无办法。邛棋、骆书二人，一人精于棋道化武，一人则是书道至尊，实力绝不在谢吹琴之下。只不过后来在琥珀山庄与徽州木家一战中，邛棋的棋盘道心为刘客幽墨剑刺碎，而骆书的书道至境『读书破万卷』也为刘客幽纸刀斩灭，这两位一流武者皆早死于刘客幽之手，故在江湖中的传闻不多。

许名伸了个懒腰，把竹棚老板叫过来，对他说道：『我把这大车留给你，抵这一顿酒饭钱吧。』

老板又惊又喜，不住地道谢。许名拍着老板的肩膀又跟老板要了一份红油笋干，以干净的荷叶包好，看见文立木用一种异样的眼神看着他，哈哈笑道：『我们骑马快些，要这大车嫌累赘了。』

文立木冷冷地说道：『不知道是谁说不着急，要在车上睡一觉好好想想的。』

许名翻身上马，笑着应道：『哈哈哈，我确实好好想过了，结论就是，没有办法！咱俩还是骑马赶路去打架吧！』

二人骑马疾驰，在太阳快要落山的时候，已经离开了这片山林，看到了不远处有一湾月牙形的山涧。拉车的马虽不快，但二人马术精良，比之坐在车上不知道快了多少倍。

许名指着山涧边的一处幽宅，对文立木说道：『她便是住在这里了。』

他手指伸出去的同时，像是有默契似的，宅子里廊檐下挂着的二十几盏灯笼在顷刻间俱被点亮，当文立木顺着他指的方向望过去的时候，还真的以为是许名这遥遥的一指燃起了那宅子里所有的灯焰。恍惚间他忆起在陈友谅麾下侍候时，每当天色一晚，宫庭内便有值事的总管们点着长杆一端裹着的油布，高举着去点大殿廊檐下吊着的灯笼。这一转眼间，陈汉的江山已然易主，而江山本无主，灯笼不自明。每天晚间的灯，还是要有人去点亮。

文立木稍一愣神，许名的马已经奔了出去。他双腿一夹，紧紧跟在许名的马后，两人一前一后地来到幽宅门口。宅子的大门下有两盏火红的灯笼亮着，显然刚刚有人点着了它们。

许名翻身下马，径直走到门前，使劲地拍着大门。文立木踱到山涧水边，看远山上的云气在夜晚的天幕下如一道道水墨的留白，不自觉地有些出神。过了半晌，他想起来许名去敲门了，这才转过身要过去，却看见许名缓缓地走了过来，对他说道：『稀罕事儿，她人今天居然不在家。』

第二章

她已经不知道有多少次在黄昏时分闻到山涧对面的灌木丛里被风吹来的香气。这香气不同寻常，不是江西行省区域内的花能够发散出来的气味，甚至不是整个汉地应有的花木。她对花有极精深的研究，几乎没有她不熟悉的花草。她在宅子里种了很多花木，偶尔会折下一些花枝，与零星的色彩鲜艳的草茎搭配妆点，扎成一束，随心情摆放在不同的琉璃瓶里，有时候也会在雀鸟都不愿外出嬉闹的雨天里，将花束悄悄地放在宅子里最幽深的一间厢房的窗外。

自从她开始闻到这股不属于汉地花木的香气的那天，她便在黄昏日将落未落的时候，一个人跨过涧水，去对面的山林中寻找那花香的源头。循着那味道，她深入林木的中央，遮天蔽日的树木下有不少散碎的野花，气味往往在她感觉到即将发现根源的时候中断，不得已只好暂时返回，等待第二天傍晚时，再有一阵有意无意的微风勾动她的心弦。

天色晚了，她从树木的缝隙里可以看见宅子里的灯笼亮了。山势不高但连绵，宅子远在山涧的角落处，从她的位置看过去，昏黄的灯火似是一粒粒萤火虫的尾光。她今日又差一些找到那香气的出处，只是天晚了，气味又断了，幽暗的林间已近目不视物。她无奈下只得走出密林折返。山涧水如锦缎一般从山崖的另一边流淌下来，她隔着山涧眺望灯火通明的大宅，晚间的山风吹拂起她的裙摆，如果此时有人在山下窥望，便会觉得她恍若正是在洛水上幽思的洛神。

她准备渡过涧水。却在此时，她耳中听见了一种细微到几乎无法听闻的声响，然而那声响里自有一种美妙，且泛着寂静的、恬淡的幽光。没有人可以听见这样的声响，但她可以。她在音声方面的造诣已经一骑绝尘，说这世上没有几个人可以与她一较高下也并不夸张。她被这幽淡的声响击中了心魂，她的身体几乎开始颤抖。这是一粒水珠滴入虚无的声音，是一株蓬草钻出薄土的声音。这声音在她的眼前绽放出色彩。

她突然一个后纵，三两下升到山坡的高处，手指在空中虚抚，似乎在触摸那声音的余韵。少顷，她猛地向林子后面一处低洼地掠去，衣袂在风中猎猎，转眼间她已经站在了一处极小的池子边缘，池子里的水发出微微的光，一轮斜月静静地躺在水面上，在那极小的池子中央，有一株已经闭合的蓝色睡莲。

她见过不少品种的睡莲，基本都是来自于天竺，但她从未见过这种蓝色的睡莲，更未见过睡莲自行在夜晚闭合。那香气必是来源于睡莲的中核，自傍晚前被山风带到山涧的另一边，在日落后因为睡莲的闭合而中断。

她痴痴地看着这在月色里沉静的蓝色睡莲，开始猜测它的由来。天竺么？还是呼罗珊？花剌子模？交趾？她在这样的揣测中迷醉。一朵异域之花对她来说不仅仅只是一种对花草的新鲜感，更多的是对异域的向往，对异族人的向往，对一种完全不在五行之内的出格之道的向往。她曾听住在宅子里最深的那间房里的前辈说过，西域各国的风情与汉地截然不同。有一种短颈的六弦琴，很像琵琶但是音域更广，前辈说那叫乌德琴。还有种短短的用竹管制成的竖吹箫，前辈说可以吹奏出西域特有的四之三音。

她在小的时候，曾问过宅子里的前辈，是否西域就是这天下的边缘了。前辈笑了笑，告诉她在西域之西，还有更广袤的疆土，更纷繁的人间，只不过那是连他都没有去过、也未目睹过的盛境了。她问那前辈是怎么知道的？前辈似乎被勾起了往昔，轻叹一声，说他曾有缘认识了一个外域之人，此人虽是汉人，却从小在外域长大，成人后游历外域各国，足迹遍布天下。这些事情，便是那个人告诉他的。

她在蓝色睡莲前想起了这些往事。风停了，水面无波，斜月如镜。她惊觉自己在这池子边待得太久了，宅子里肯定还在等着自己回去开饭。她恋恋不舍地看了一眼睡莲，决定明日再来看它。瞬息间腾身而起，带走了一丝池水里的花香，几个起落之后，一个娇小的如洛神一般的身影便出现在了山涧之上，月下凌风，裙摆摇曳，身形缥缈仿佛，凡人一个眨眼间，这身影便已经落在了山涧的对岸。

她身法极快，落下后立刻就要往宅子的方向跃去，却蓦地身形一折，如一只隼鸟般投入了身旁的竹林。一个陌生的人影似乎猝不及防，小声低呼了声。她无暇多想，伸手去点那人的穴道，谁知那人反应也很快，仓促下就地一滚，躲过她那一指。她心中暗暗赞了一声，糅身上前，正欲擒住那人的胳臂，眼前突然有火花般的银纹一闪，耳畔听见金属切开微风的声音，她心中一凛，翩然后纵，只见一道极为优美的银弧在黑暗的竹林中画出了一个半圆，她刚才所立之处的竹子『啪』地一声折断，她的眼前也似乎掉落了两缕额前的发丝。

是个高手。她心中自有认定。翩然后去的她尚未落定便宛如游龙般前趋，同时她右手探向腰间，从衣服的腰带处抽出一柄缠腰的软剑。那个人影似乎正要说什么，可她已经完全不想听那人说话，她已经有了杀意。软剑迎风一抖而笔直，发出『嗡』的一声轻吟。她左手探出一握，竟把这一声剑吟囚在掌心，五指拂过，吟声已经击在了那个身影的肩头。而此时她右手的剑也递了过去。

左音右剑，这已不是一个寻常的高手可以抵挡的了。

然而那个身影并没有被那一记音武攻击击倒。她只觉右手一震，刺去的长剑也被架开。月光稀疏地射入竹林，她仿佛看见那人的肩头处有一把长刀，而荡开她长剑的却是那人另一只手中握住的巨斧。

左音右剑，遇到了左刀右斧。

她忽然用软剑抽打身边的细竹。空心的竹身发出空洞的清音，时而化入月光，时而如细雨穿林。她以竹音为箭，将那个持刀斧的人逼入右手边三尺处，忽而一拍剑身，剑身挺立，倏然前突，剑尖刺入月色，有泛白的乐音，雀鸟落下尾羽，如管如簧。

她以剑技撩拨月光而伴音武，这一下已经是她对待劲敌时的手段了。

两道弧线飞起，庄重、优美、沉稳中不失犀利。月光发出的清音被斩断，递出的剑招亦被拦截。她战意一起，便再难停。只见她一剑又一剑地刺入月印，翻转、撩刺、拍打，月光如弦似鼓又如盆缶，月音还是乐音，在她手中已无分彼此。乐音是箭，剑是月光，她在竹林间如蝴蝶翩转，而持刀斧的那人在这样的攻击下尚能有节奏地持续画出弧线。

正在此时，有一个她熟悉的声音在竹林里响起：『冯大小姐，你再这么不分青红皂白就动手打人的话，以后我和我大师姐都不会找你玩了。』陡然间她觉得这竹林里有一股虚无的劲气吞吐了一下，连月光似乎都被这虚无之气给吞噬了进去。她知道这声音是谁，于是收回短剑，冷冷地说道：『鬼鬼祟祟地躲在这里，倒还怪到我头上来了？』

那声音自然就是许名。他和文立木听说她不在府中，便准备进这竹林里找找看。岂料被她当成了贼人，与文立木动起手来。

许名笑道：『我们正大光明地在这里头散步，也就冯大小姐看我们是鬼鬼祟祟。』

冯大小姐不搭理他，转头盯着文立木，问道：『你的刀斧双手技不俗，江湖中可以双手使刀斧到如此境界的，据我所知也只有当年在陈友谅身边武侯班里的那一个人。』

文立木喟叹一声，说道：『我本以为自己在道境下已难觅敌手，今日才知人外有人。若不是许名及时出现，我恐怕撑不了多久。』

冯大小姐微微一笑，说道：『我知道你是谦虚，不过我听了很受用。我喜欢你，你比那个姓许的小子实诚多了。』

文立木干咳了一声，许名则苦着脸说道：『我的冯大小姐哟，我哪里不实诚了？你真是见了新人就不顾旧人，咱们好歹也是老相好．．．噢不，老相识了。』

冯大小姐淡淡地说道：『我最讨厌的就是你那张嘴还有你说话时候那个德性。说，今天又来干什么了？』

许名忽然拉着文立木掉头就走，走得飞快，头都不回。没走出三丈，冯大小姐飘然落在他们面前，说道：『不说今天就别想走。』

许名说道：『你不是想去外域么？』

冯大小姐回道：『那又如何？』

许名说道：『朱元璋封禁了去外域的通路，你怎么出去？』

冯大小姐凝思了片刻，复又问道：『难道你师父已经开始召集人马了么？』

许名心想她还真是聪明，什么事情只说半句都能让她猜出个八九不离十。对付这样的聪明人，只能用激将法。

许名说道：『师父让我来找你，只因你们"一笛风"与朱元璋有些过节，与陈皇也有些渊源。但我和师姐都觉得你不会加入这次行动。一个每日过得优哉游哉的大小姐，又岂会趟这浑水？』

冯大小姐微微笑道：『你还别激我，我若不想去，谁激我也没用。不过宅子里的前辈前几日已经收到了你师父的书信，特地关照我等你来了之后带你去见他。』

许名吓了一跳，问道：『那位前辈……那位前辈要见我？』

冯大小姐捂嘴笑道：『没错，他老人家很多年未见外人了，这次见你你可得做好心理准备。』

许名苦着脸心想原来师父已经暗中送过书信了，难怪让我直接来请她。只是这幽宅之中的那位前辈实在是武林中仙佛一样的人物，他小的时候就不太敢接近他，大了之后更是有些噤若寒蝉。

冯大小姐叩开幽宅的大门，带着许名和文立木走进这山洞下的大宅。从外面看不出来什么，走进去之后文立木才发现宅子里花草众多，奇山怪石和亭台楼阁也依着坡势遍布宅院当中，回廊的檐下除了灯笼，还挂着各种罕见的璜珏，在夏日的晚风中相撞出声，玲玲琅琅声中似乎暗含着某种韵律。

许名在文立木耳边小声说道：『南宫家在苏州府有“声声慢”，徽州木家木双声在烟墩有“韵无穷”，而隐藏在这江湾山涧之中的“一笛风”，可丝毫不必那两家的逊色，甚至有过之而不及。』

文立木微微点头。他适才经过廊下，璜珏相碰发出的清音有些微的改变，他分辨不出太多区别，只是暗地里觉得这吊挂着的璜玉仿佛在向这宅子里的某人诉说着什么。宅子里有几个品种的雀鸟，如发冠卷尾、喜鹊、黄鹂等。鸟儿们在假山凉亭中穿梭嬉戏，却绝不靠近廊檐下，甚至都不会在檐角上稍稍驻足。文立木心中啧啧称奇，心想这宅子里住着的那位前辈必定是不同凡响的人物。

冯大小姐带他们二人入了饭厅，吩咐下人端上来热好的饭菜，三人简单吃了。饭毕奉上茶水，三人坐在前厅里，等候那位前辈的现身。

一盏茶的工夫，有下人进来通报冯大小姐，说主人请三位移步后花园，主人正在后花园的池塘边赏月。

下人掌灯，三人鱼贯走进后花园，只见后花园中间池塘边的岩石上，坐着一个穿着素蓝衣服的男子。月光下看不出年纪，只是觉得这人太安静，他所身处的地方恍若一个音声的漩涡，即便是极其细微的响动都分毫散逸不出。

冯大小姐站在池塘近前没动，男子却主动开口说话了。

『今夜的月色很美。』

『是下弦月，弯如钩檐。』

男子微微点头，复又开口问道：『你身后那个是不是小名子？』

冯青雯让开些身子，许名尴尬地笑了笑，对着男子行了一礼，应道：『讴叔叔好，正是我小名子。』

男子似乎笑了笑，说道：『你师父写信给我，希望我可以助他。可我老了，精力已远远不如当初。我和陈友谅之间并没什么太深的交情，与朱元璋之间也没什么仇恨，我不像你师父那样有切肤之痛。所以，你师父的请求，我便不答应了。』

许名心中一惊，想原来师父写信是要请这个老怪物出山，不过敢拒绝师父的，全天下也没几个人，这老怪物算是一个。

男子继续说道：『不过青雯就不同了。她的父母都死在大明军的铁蹄之下，我与她父母有交情，收养了青雯，但我不能替青雯作主。所以，她愿不愿去，还要看她自己。』

冯青雯淡淡地说道：『我若不能剑试天下，以后又如何能够游历四海，纵马外域。』

男子深深地看了她一眼，缓缓说道：『朱元璋身边高手如云，近来又招揽了正一道张天师贴身行走。正一道赞教与掌书二使已经是入了道境的高手，这张仲纪更是神秘莫测。中书左丞相李善长身边有飞鸿会盘踞，中书右丞相暨大将军徐达身边也有以刘客幽为首的武者幕僚团环绕，禁卫军三千个个战力不弱，青雯，你可想好了么？』

冯青雯略一思虑，说道：『如果他们都在，我正好要问问他们，是谁杀了我的爹娘。』

男子不再说话，转过头看着水中的下弦月。三人见他不言语，也不出声。池塘里『扑通』一声，有一只青蛙跳了出来。三人稍一分神，就发觉本来坐在池塘边缘的男子竟遁在这蛙跳声之后消失在三人的眼前。

这种身法，许名和文立木真是生平仅见。

冯青雯转身对二人说：『前辈这就是默许了。今晚在这里住一晚，明天我收拾好行装就和你们回去。』

山涧中没有鸡鸣声，却有雀鸟的啼叫。入夜后下了一场雨，晨间这山谷当中就浮着一层薄薄的云气。雀鸟在挂满水珠的枝头欢叫的时候，冯青雯已经来到了昨日的池塘边。蓝色的睡莲像刚刚醒来的眼睛，缓缓张开，陡然间一种充满异域风情的疏淡香气遍布了池塘周边。冯青雯沐浴在这香氛中，眼神坚毅，似乎已经为自己的这次出世下定了决心。

许名和文立木在宅子里看见冯青雯从大门外回来，还以为她只是出去留恋一下此地。三人收拾好行装，便准备骑马出发了。讴前辈一直没有出现。冯青雯知道他不会阻拦她的，这世间只怕已经没有什么事情可以让他不得不出面。

三人纵马出了府宅，绕上山坡，来到去江州的马道。此时山林间突然传来笛声。雨后清晨，雾气环绕山野，这笛声不知从何处传来，却可以清清楚楚地传到三人的耳朵里。

冯青雯身躯一抖，知道那是谁在吹笛。笛声悠扬婉转，然而她却能够听出来这笛声里暗含的忧思与不舍。她猛一催缰，纵马疾行，马蹄在微微湿软的泥土中印下朦胧的蹄声。许名与文立木相视一眼，也未说话，便这么跟着她一路疾驰而去。

三人在马上跑了一日，傍晚时路过一个集镇，便在这集上找了一家客栈过夜。马匹被牵入客栈后的马厩，三人在客栈里简单吃了饭，遂聚在许名的房间里泡了壶茶，在灯下闲聊。

冯青雯对许名问道：『你师父自从离开陈皇之后，想来也没有了银钱的供养，但我见你出手阔绰，不但塞给店小二银子让他给马喂些好草料，还一出手就是三间上房，这些银子你们都是从哪得来的？』

许名微微一笑，说道：『实不相瞒，家师确实没有产业，亦没有多少存银。我们在外行走的花费，都是有金主在后支撑。』

冯青雯正欲再问，忽然听见门口有异响。这声音极其轻微，普通人绝对不会发现，但又岂能躲得过她的耳朵。她看了看许名和文立木，发现他们也同样给她使了个眼色。三人心下明白，突然起身往三个方向移动。许名闪电般推开房门，只看见一个人影刚刚从门边闪过，往楼道尽头的窗边跃去。冯青雯和文立木从房间的两扇窗户跃出去，就在冯青雯落到客栈后面的马厩前时，楼顶上也传来了极其短暂的交手声，只听一声闷哼，冯青雯和许名从原路折返房间的时候，文立木手中押着一个黑衣人也从窗户外面闪身进来。

这一下变生肘掖，过程极短，三人又凝神倾听了一会，确定没有惊动到客栈内的其他人，方才坐到桌前，环绕着被文立木掳进来的黑衣人。

文立木扯下黑衣人的面罩，只是一张略显惊恐的男子面孔，三人都不认识。他手下用力，对黑衣人低声喝到：『你是什么人？』

黑衣人骤然吃痛，却并不叫喊，强忍疼痛，额头上的汗珠如雨下。文立木赞道：『没想到这么一个细作，却还真是个硬骨头。』

许名忽然开口问黑衣人：『我看你手腕上刺了一个叶片的图案，你是不是叶家鹰眼阁的斥候？』他看得仔细，发现了黑衣人手腕上露出的刺青。

黑衣人瞳孔一缩，遂又恢复正常，依旧不开口。

许名缓缓说道：『叶家鹰眼阁虽说搜罗天下情报，但一般都着重在武林名人与朝政军事之上，为何会派斥候来刺探我们的情报呢？』

黑衣人冷然一笑，突然嚼碎了口中的什么，三人待撬开他嘴时，他已经铁黑着脸咽了气。

许名看向文立木和冯青雯，悠悠说道：『看来这件事情变得有些复杂了。』

文立木深知叶家鹰眼阁的底蕴。江南三大世家的叶家是具百年历史的庞大世家。其先祖叶隐年与西湖蓝家的先祖蓝佑臣、迟家先祖迟庶谋、南宫家先祖南宫白并生于南宋末年。乱世出英豪，四人在江南成势，各自组建门楣。叶隐年在百年前便培植了鹰眼阁的雏形，在宋元交战时期派出麾下斥候刺探双方情报并与各个势力交易。元朝时，鹰眼阁初立，阁中好手辈出，常行走于沙场与武林中，获得重要情报并作价待沽。如今的叶家鹰眼阁也会接受金主之委托，对指定对象进行跟踪，以窃取到的情报换取收益。

眼前这个服毒自尽的鹰眼阁斥候，极有可能是鹰眼阁受了某人的委托后派出暗中监视他们的。但是，会是谁有这样的动机呢？

许名喃喃自语道：『如果鹰眼阁会派人跟踪我们，那想必也会派人跟踪师父和师姐他们，不知他们那里有没有察觉？』

文立木说道：『这个斥候应该是从我们离开‘一笛风’之后跟着我们的。在这之前，他应该是没有机会藏身的。』

许名点头道：『不错，我找到你的时候，四下开阔，如果有人窥伺，你我一定能够发觉。只是，如果是从‘一笛风’开始跟踪，那么难道「一笛风」里也有他们的眼线？』

冯青雯摇头说道：『不会的。前辈何等人也，岂会发现不了异常。再说，宅子里的下人都是前辈几十年的随从，也不会有底细不明的人混进宅子。』

许名点了点头，说道：『这么说的话，有可能就是有人一直潜伏在宅子四周，待我们出发后再跟上我们的。』

冯青雯疑惑道：『前辈这么多年来隐于「一笛风」，足不出户，早已不过问江湖事与朝廷事，为何还会有人窥伺在旁呢？』

许名说道：『前辈虽然蛰伏，但也许以前声威太盛，直到如今还是有些人的眼中钉吧。』

文立木说道：『无论如何，今晚必须先把这个黑衣人的尸身移出客栈，否则明日我们走后客栈众人发现尸首，再惊动了官府，对我们有害无利。』

许名点头道：『正是。还是文兄想得周到，此等苦差事，还是由我和文兄二人去办吧，请冯大小姐先回房歇息。』

他和文立木抬起黑衣人的尸体，瞬息间便从窗户跳了出去。冯青雯回到自己的房间，正待梳洗一番，忽然闻到了一股自己此生绝不会忘记的气味。

是那蓝色睡莲盛开时的香气，在弹指间充斥了她的房间。

冯青雯未曾想到居然会在这集镇的小客栈里闻到这来自异域的珍贵花株的淡香，一时间竟似是有些痴了。直到从窗外飞进来一块纸片，她才猛然惊醒，伸手攫住纸片，摊开一看，只见纸上写着一行字：

一池蓝月映睡莲

窗外有人。她身随意动，翻出窗户，腾身跃上房顶，却见四下里黑漆漆、空荡荡的，连个人影都看不见。她知道此人比之前那个鹰眼阁的斥候高明太多，藏身于窗外时即使连她都没有丝毫察觉。她心中疑惑的是，为何此人的现身会伴随着蓝色睡莲的气味呢？

香气不绝，她在黑暗中虽看不清楚，但鼻头却可以循着气味追踪。她沿着香气的路径，一直追出里许，直到了集镇的外围，远处有星星点点的灯火，她知道这已经快到山上的村落了。而蓝色睡莲的香气突然间消散殆尽。

冯青雯失望地吁了一口气，转身作势返回。不过这只是她的伪装，就在她转身的同时，她与此地的音声已然融为一体。她听见长草里的蛐蛐和蚂蚱、土里爬行的蜈蚣与草蛇、枝头休憩的麻雀与白头翁、麦秆上的瓢虫与飞蝇，她听见晚间方圆一里之内所有的声音，然而在她身旁五丈远的一株柳树下，却有着一个轻微到几不可闻的呼吸声与心跳声。

冯青雯在月下飘起，顺着黑夜里的风势，如一片月光。不到一弹指的间隙，她的手已经触到了柳树的树身。五指拂过树干，两人合抱的柳树颤动如琴弦，却无声。树后的人闷哼一声，仿佛被这猝不及防的一击击中，飞身后纵。冯青雯在月光下看到了他的身形。

是一个身穿蓝衫的男人，手中没有武器。

冯青雯飘然跟上，从腰间抽出软剑。她这柄剑是名师打造，虽柔软却可被内劲催逼坚挺，正是不可多得的利器。冯青雯运剑如电，剑锋刺入晚风，居然发出低沉的古埙声。这一手蕴音武道于剑术的神技，便是她在与谢吹琴交手时，使谢吹琴铩羽而归的绝艺。

这个男人武功极高，她一出手就没有留余地。

蓝衫人身形一转，如一朵浪花旋进了海里，与这月光照耀下的黑夜之海无分彼此，冯青雯雷霆般的一剑顿时失去了目标，不过剑锋带起的音武埙声却扩散在黑夜里，不断扩张着外延。蓝衫人没有办法一直潜匿在暗的海里，于是他又如一朵浪花般出现在了冯青雯的身后。他温柔地伸出双手，似乎要为冯青雯梳理有些乱掉的发髻。

冯青雯蓦地转身，十分突兀地在月光下吟咏起了歌谣。音波如锤，与蓝衫人伸出的双手重重地冲撞在一起，二人身形俱晃了一晃。剑光如惊雷一闪，蓝衫人远远避开，忽然张口说道：『冯大小姐名不虚传，讴大师确实没有选错人。』

冯青雯剑意锁定蓝衫人，心中诧异。讴前辈一生未收弟子，虽然收养了她，传授了她一部分平生所学，但却不允许她喊他师父，只是以前辈相称。二人虽无师徒之名，却有师徒之实，但知道这事情的也只有寥寥数人。眼前的蓝衫人却一口认定她就是讴大师的弟子，似乎对她们的了解远远超乎她的想象。

她长剑一指，对着蓝衫人问道：『你的身上为何会有那股香气？』

蓝衫人微微一笑，回道：『花虽非我所种，但提取一些花的香气，我还是做得到的。且那蓝色睡莲于我有益，我自是采集了一些随身携带。』

冯青雯说道：『这么说来，你匿藏在我『一笛风』附近，窥伺我们已经有一段时日了。』

蓝衫人说道：『我本意只是去观察一下讴大师与冯大小姐，岂料竟然节外生枝，让我遇到了意料之外的壶丘子一方的人。』

冯青雯盯着他看了片刻，冷冷说道：『以你的身手，在江湖中不会是无名之辈。可我却完全想不出关于你的任何线索。你究竟是谁？』

蓝衫人笑道：『冯大小姐还是莫要执着于此，我不过是一只眼睛。』

冯青雯疑道：『眼睛？谁的眼睛？』

蓝衫人说道：『这我就无可奉告了。今日本无意叨扰，只是我观察得太久了，无奈有些技痒，这才与冯大小姐小试几招。以音武道与剑技的糅合而言，冯大小姐的确是独树一帜，谢吹琴他败得不冤。』

冯青雯剑锋一转，硬声说道：『今日你若不说出身份来历，只怕是走不了。』

蓝衫人哈哈一笑，回道：『难道我说出来，就能走得了么？恐怕冯大小姐也不会留下我这条活口。』

冯青雯不答，她忽然收起软剑，又从怀中掏出一支短小的竹笛。有云遮住了月轮，一时间这无人的荒野里暗如冥域。蓦地一声短促的笛音划破黑夜，似一柄切割黑暗的匕首，将整个夜晚断成两截。

方才所有的虫鸣、鸟啼、蛇行、蛙声，仿佛都被这一声笛音唤起，纳入了这一记音声的洪流。此时此刻，暗夜无风，此地所有活物、死物、空灵之物所能发出的一切音声响动，都在冯青雯的调动下加入了战局。

蓝衫人无处藏身，虽然他深谙融于天地的至理，如一阵风，如一抔水，但他此时此刻只觉得被这片天地排挤。准确地说，是被这一片天地中的音声所排斥，一切响动都在黑暗中冲撞、挤压、碾磨着他，似乎是一副挑剔的脏腑，要把其中的异物给倾倒出去。

蓝衫人心中暗忖这已经是『真音无相』境巅峰的手段。也许只差一步便能突破『真音无相』的束缚，迈入另一层境界。只是那会是什么样的呢？这世上还有超越『真音无相』的音武道武者么？

他来不及细想，只因情势已经逼得他不得不应对。

冯青雯以笛作器，将音武攻击催逼至巅峰，是她志在必得要拿下蓝衫人的征兆。她通过笛之吹息与身周一切音声融为一体，无分彼此，她自负可以在下一个弹指内便将蓝衫人击败。

然而她又闻到了那股蓝色睡莲的清香。紧接着，她眼前的黑暗在瞬间被一片蓝色吞噬。

风吹云走，遮挡住今晚月轮的云移开了，冯青雯望向斜月，斜月竟然也化作了蓝色！

她再看向蓝衫人，蓝衫人在她眼中已经是一片蔚蓝的深海。周遭的音声沉入大海，她的笛似乎进了水，被海风锈蚀，再也不能吹响发动音之武域的笛声。

冯青雯的眼中战意燃烧。她自小生长在“一笛风”里，虽然修习音武道的天赋极高，从那位前辈处也听闻了不少江湖典故，艺成后也多次外出行走，击败了不少武林名人，但她却还从未遇到过如此可以让她惊心动魄的对手。谢吹琴虽然高超，也让她使出了全力，但还未能让她突破自身，在战斗中超越旧有。而今夜，她觉得自己兴奋得就快要脱胎换骨。

笛本横吹，可她把笛竖过来，又从端口吹出箫音。被蓝海淹没的音声重新浮现出来，汇聚到她身前，她突然弃笛，亦是弃箫。短笛从她手中抛射出去，沾染了蓝色的夜，变得泛蓝，笛上七孔灌进了风，竟吹出了这荒野之息。笛坠入深海，激起滔天巨浪，巨浪弥漫在斜月下的天空，像一层蓝染侵袭了幽玄。

冯青雯似乎根本不在乎那一支笛。她只是把玩着身前汇聚过来的梦幻空音。她揉捏、抚摸、拍打它们，像在试奏着一件空冥的乐器。海浪有几次要冲过来，却被无形的屏障阻拦，这屏障慢慢扩大，竟然将无限深海推出了夜晚。

月轮上半截依旧被蓝浸色，下半截却发出了动听的乐音，这乐音挥洒成月光，射穿了昏暗的海面。

冯青雯在一种忘我的状态里，渐渐地与对面的深海分庭抗礼。

蓦然间一刀一斧斩入，如两道完美的弧线撕裂布帛。同时一股虚无的劲力切入分际强势吞吐。只听一阵长笑，夜重又恢复成黑暗，蓝衫人往后跃开，又如一朵浪花没于海中，消失在重重夜色之下。

文立木与许名居然赶来了。他二人回到客栈发现冯青雯不在，却看到了落在地上的纸条。其时房间里依然有那股淡淡的香气。二人循着这股香味寻来，一路上又追踪到两个人的鞋印，来到此处时，看见冯青雯正在与一个蓝衫人鏖战。对手武功太高，且来历不明，二人即出手参战，不过仍是留不下那个蓝衫人。

许名对冯青雯说道：『冯大小姐无碍吧。』

冯青雯摇了摇头，说道：『此人一路跟着我们，只是不知他究竟知道多少，身份为何。这次让他走掉，下次他便不会那么轻易地被我们发现了。』

文立木突然开口道：『他是飞鸿会的人。』

许名与冯青雯一惊。许名急忙问道：『文兄如何知道？』

文立木说道：『飞鸿会也曾来探听过陈皇的情报。此人似乎在飞鸿会专责侦察、刺探，武功极高。陈皇在位时，此人曾有一次潜入皇宫，瞒过武侯班众位高手的耳目，偷偷来到陈皇就寝的房外。幸得壶丘先生不离陈皇左右，及时发现，此人才偃息而去。我与他在宫门外擦身而过，彼此交换了一招，故识得他的武技。事后壶丘先生道出他是飞鸿会蓝门门主，我们才知道他的来历。』

冯青雯缓缓说道：『飞鸿会中一个门的门主便已经如此了得，传言飞鸿会有飞鸿七门，朱白黄绿青蓝紫，七门之上还有一个不世出的左丘飞鸿。小名子，你师父这次的行动确实是碰上了天底下最硬的茬了。』

许名面色尴尬，尚未答话，文立木却沉声说道：『我当日听壶丘先生说，一个门派之中，负责侦察之人理应是武功最高的人，当然，叶家鹰眼阁这种专门靠情报买卖的组织除外。斥候之所以能成为斥候，行走江湖，无处不去，一方面是因为经过专门的训练，另一方面便是因为自身精于武道，可以绝处逢生。所以，壶丘先生认为，蓝衫人在飞鸿会里即便不是武功最高的门主，也必定是数一数二的存在。』

许名正色道：『他本可以不现身，今夜忽然现身，想必他的目标并不是我们这次的行动。』

文立木点头道：『不错。飞鸿会虽硬，但不是我们现在应该担心的对象。反而是那个叶家的鹰眼阁，倒是很值得我们在意。他们这次的跟踪，必定是受人所托，而揪出背后那个委托的人，才是关键之所在。』

冯青雯附和道：『你说得不错。那个鹰眼阁的斥候死得太快，我们还不知道叶家到底已经知道了些什么，涉及到了哪些人。所以，小名子，我们现在还不能回去和你师父师姐汇合，以防再有鹰眼阁的人盯梢。』

许名眼睛一亮，说道：『正是。这倒提醒我了。我们三个人可以兵分三路，三日后在江州的豫章茶楼汇合，到时候做一场好戏，把这些暗中窥伺的眼线全部斩断。』

他心意已定，继续说道：『拜这些斥候细作所赐，让我想到了一位很久没有拜访的忘年交，我今夜即启程，二位可有什么去处？』

冯青雯不答他的话，却反问道：『到了江州之后如有突变，该如何联络？』

许名说道：『无妨，只要你们入了隆兴府，我自有办法找得到你们。』

文立木沉吟半晌，忽开口说道：『我无处可去。』

许名笑道：『那么文兄便趁这三日好好游山玩水，三日之后，可以这么悠闲的日子就不多了。』

三人返回客栈，收拾好行装，结算了银钱，没有做长时间的逗留，即骑马离开了客栈。三人分作三个方向而去，文立木策马往东，缓缓地行了一个时辰。夜色渐深，他骑在马上独自走在镇外无人的野地里，脑中忽想起当年陈皇推崇佛学，曾礼聘了福建莆田一位高僧来到宫内做经筵日讲。高僧的法号他已经不记得了，只记得是个老和尚，似乎已入耄耋残年，人虽老朽，但法度俱在，身披袈裟，开坛授课。陈皇坐在坛边，武侯班十余名一流高手在坛下守卫，他也有幸参与其中。

老和尚却不说艰深三藏，一开口先说了一个颇耐人寻味的小故事。说有一小沙弥，年甫三岁就跟一禅师在五台山山顶修行，从不下山。十余年后，禅师带着沙弥下山，由于长期远离尘世，沙弥见牛马鸡犬，皆不识，一路问个不停，禅师指而告之曰，此牛也，可以耕田。此马也，可以骑。此鸡犬也，可以报晓，可以守门。沙弥唯唯。少顷，一少女过，沙弥惊问，此又是何物，禅师怕他动心，乃正式告之曰：『此名老虎，人近之者必遭咬死，尸骨无存。』晚上回五台山，禅师问小沙弥：『汝今日在山下所见之物，可有心上思想他的否？』小沙弥说：『一切都不想，只想那吃人的老虎。』

高僧说完此故事后，坛下一片笑声。陈皇也忍俊不禁，拊掌莞尔。高僧待坛下众人笑毕，转首问陈皇曰：『陛下是否自认为小沙弥，而天下于陛下为老虎欤？』陈皇勃然大怒，命左右侍从请高僧下坛，即刻送返莆田。陈皇自己请来的高僧，他不好当众驳自己的脸面，当场命人扑杀。但以文立木对陈皇的了解来说，陈皇必定会暗中下旨，命随行的侍卫在途中合适时下手。

岂料高僧方下得坛来，便驻足不行，褪下身上袈裟交与弟子，席地趺坐，双手合十，口中付一佛偈道：『通达本法心，无法无非法。悟了同未悟，无心亦无法。』说偈已，踊身虚空作十八变，火光三昧，自焚其躯。武侯班十余人团团护住陈皇，俱亲眼见证此景。文立木在当场看见火光中似有七宝琉璃塔、梦幻空花宝树闪现，其后恍若又有恒河水三千包孕千百亿恒河沙，每一粒沙中诞出大千世界，六道轮回。直至三昧真火灭尽，空中坠下三枚舍利子，为其弟子捡拾，裹于袈裟中。陈皇见状，也不好发作，后特追封此高僧谥号，拨款令其弟子返莆田修建浮屠供养舍利。

壶丘先生在此事后曾与陈皇有过一次争论，文立木守在门外，二人争执激烈时有几句声音过大，被文立木听得了一些。大致是壶丘先生觉得陈皇太过于急功近利，对大明那边尚未做好兵力与民心的准备，便已经迫不及待地要与朱元璋决一死战，这样置社稷于危卵，悬黎民于利剑，必然不得人心，功败垂成。陈皇则不以为然，认为兵贵神速，且国之大体，皇权尊极，岂可示弱于人？二人意见不合，当日闹得很是厉害。只是壶丘先生与陈皇是过命的交情，且贴身保陈皇安危，若没有壶丘，只怕陈皇也早就险象环生。是故陈皇身边即便是丞相近卿也不敢如此顶撞陈皇，唯有壶丘先生可以。

他对自己突然回忆起了这些往事觉得有些不解。这些事情已经过去数年，在当时也并未给他留下很深的印象，事毕便过去了，没再回想起过。今夜缘何会忽然想起来呢？文立木在阴凉的夜风中疑惑：莫非是因为我也遇到了那只吃人的老虎？

他在夜道上想起冯青雯。冯青雯虽然孤冷了些，可身姿婀娜，体态翩然，他第一眼看见她，便想起了《洛神赋》里描写的洛神。

仿佛兮若轻云之蔽月，飘摇兮若流风之回雪。

她虽是女子，可武功之高实是他生平所见过的人中第一流的。且她性格坚强、颇有主见，那晚在『一笛风』中答讴前辈的问话时，便给了文立木不可磨灭的印象。

『如果他们都在，我倒要问问他们，是谁杀了我的爹娘。』

文立木四岁识字，六岁习武，走的是文武双修的路子。十五岁诗文俱佳，武道也有了小成。他随后便暂时搁置了文途，专心浸淫武道。十六岁上，他跟随南国斧道名师李微习斧。同年他又自觉有刀术天赋，遂拜了隆兴府的刀术大家刘鑫枚为师。三年出师，文立木十九岁时已然左手刀右手斧，青出于蓝而胜于蓝，超越李微与刘鑫枚，成为了南武林中唯一的一个双手使刀斧的高手。年尚未二十，便已经跻身高手之林，是幸事，亦是不幸事。江湖中有专人击杀尚未成熟的年轻高手，美其名曰『将巨擘扼杀在弱冠前』。文立木曾多次遇到伏击，有两次几乎身亡，一次与敌人意欲同归于尽，却依靠顽强的生命力活了下来。另一次遇到三名高手伏击，身负重伤，已无力回天，却被恰巧路过的壶丘先生给救了。后壶丘先生将他引荐入武侯班，同在陈皇身边，壶丘先生偶尔也对他的刀斧技稍加指点。壶丘先生说，刀术不在于势沉力猛，而在于在它自身劈砍行进的弧线内，具有从出刀到终点的圆满。而斧技也不在于声威骇人，而在于如何能将一柄重器使得如同匕首一般灵动。

文立木在大汉宫室三年，出入于陈友谅左右，有过不少生死激战，与一些颇有分量的江湖第一流人物对战交手过，武技愈发精进、完善。三年来得了壶丘先生不少指点，比他在李微、刘鑫枚处的三年所获得的不知道强盛了多少倍。他二十六岁时已在武侯班中位列副班主，班主由江西行省早已成名的剑道宗师章方雄担任。壶丘先生虽名在武侯班中，实际上却不受武侯班约束。

文立木从二十岁起便在武林中摸爬滚打，后在陈友谅身侧也是出生入死。他本是商贾门第，只因父母在他十五岁时双双因病早亡，故他贩卖了产业，投身武道，与家族中人再不来往。他更无暇于情感。一个随时都会有杀身之祸的人，又有什么谈情说爱的余裕？

故他曾流连于烟街柳巷，效仿唐时诗人杜牧之『十年一觉扬州梦，赢得青楼薄幸名』。但在他入了武侯班后，便连这些事也没有了。武侯班的日子犹如禅堂，稍一分心便有可能酿成大错，故武侯班所有人员俱洁身自好，闲时只是各自修行，以应对大明一方时不时派来的身手卓绝的高手刺客。

可以说他并没有接触过除了妓女之外的适龄女子，也不懂得该如何与她们打交道。冯青雯虽让她动了心，可他并不清楚应该如何追求她，而此刻他们也只是江湖共事。共图大事，岂可谈情？一旦有了牵挂，是否还能勇往直前，义无反顾？文立木心中知道壶丘先生此次谋划的行动委实是惊世骇俗，他与她都参与其中，扪心自问，他们在行动之后可还能活得下来么？

夜凉如水，只是这水也快被他的焦灼煮沸。他勒住马头，心中一横，暗忖既然难免一死，又想这么些事情有何用？死之前若不能好好地谈一场情，说一段爱，那么来这人世间，可还有什么意思？什么牵挂不牵挂，这是不是我在给自己找借口，只因我缺乏勇气去向她示爱？一起相爱着牵手赴死，总好过冷漠孤单地独自赴死吧。

文立木在黑夜中返身，返马，返意。他记得冯青雯是朝着西边去了，他想着她，正如那小沙弥所说，『一切都不想，只想那吃人的老虎』。他策马往西边疾驰，他放不下心里的牵挂。

第三章

冯青雯纵马西行，路过一道溪流。溪水潺潺，岩石截断溪水的声音十分悦耳，使得冯青雯不由自主地多看了几眼。溪水中有莲花，在昏暗的月色下静静矗立。冯青雯停马于溪边，在月光下察看溪水中的莲花，居然也看见了几株睡莲。不过那都是天竺传来的品种，莲盘青绿，当中花瓣桃红藏白，与那蓝色睡莲相比，既缺了些神秘的高贵，又乏浮动之暗香。她凝视片刻，正欲翻身上马，却听见溪边有歌声传来。

『沧浪之水清兮，可以濯吾缨；沧浪之水浊兮，可以濯吾足。』

短歌一窒，却并无意就此停歇。冯青雯循歌声望去，却见是一叶扁舟从溪流的上游而下，舟中有一头戴蓑笠的白发渔父，在这寂寂无人的月夜里引吭高歌。

『君不行兮夷犹，蹇谁留兮中洲？美要眇兮宜修，沛吾乘兮桂舟。令沅湘兮无波，使江水兮安流。望夫君兮未来，吹参差兮谁思。』

溪流狭窄，水中碎石本多，可这一叶扁舟却如履平地，顷刻间便经过了冯青雯所立的岸边。舟本顺水流而行，眼见便要撞到水面上的睡莲，谁知渔父一拍舟舷，小小的行舟连带渔父一同自水面升起，在空中调转方向，重又落回溪面，轻若羽毛，竟未激起半片水花。冯青雯眼见这等神技，心中暗忖即便是讴前辈亲临，只怕也未必能如这位蓑笠翁般举重若轻。她明白眼前此人是绝顶的人物，但却无杀气，反而她从这人身上却感觉到一种古怪的亲切之情。

渔父从舟中拿出一支栈，轻划水面，对冯青雯沉声说道：『有人托我来告诉你，此行凶险，不可没有音武之绝器伴身。在江州东门大街上有一家空谷琴铺，你务必去那里取器，到了之后，琴铺主人自会安排。』

冯青雯尚待问他几句，却见他船栈一撑，竟然走得比来时还快，小舟似一匹脱缰快马，逆流而上，弹指间便隐没在黑夜的水声之中。冯青雯遥望着扁舟隐没的方向，心中知道是讴前辈托这渔父前来提醒她，只是这渔父从未听讴前辈提及过，此人一身武学造诣如此出神入化，不可能是毫无来历之人。

溪水不绝，依旧在月夜中汩汩流淌。冯青雯想起那渔父的歌词：沧浪之水清兮，可以濯吾缨。眼前溪流清澈见底，适逢夏日，天气又闷热，冯青雯觉得身上黏腻，这四下里又荒野无人，她略一思虑，便褪下身上衣物，泡进清澈的溪水中洗浴。水清凉沁脾，冯青雯解开发髻，将一头乌黑长发浸入水中，适时有数瓣荷花花瓣自行落入溪间，流过长发，那情景宛如名师笔下的墨梅图。

濯洗完毕，冯青雯穿好衣物鞋袜，将湿漉漉的长发临风散开。她仰头望着荒野之上的星空，忽然有些思念起那山谷中的幽宅。

冯青雯十岁时爹娘惨死，即被讴前辈收养，在那山谷中住了已有十五年。每日清晨，山谷中雾气初升时，自有鸟雀啼鸣，叫醒浅睡的人。她鸟鸣即起，不请安，不画眉，只是梳洗完毕，就坐在院子里的石桌边吹一曲笛。自有宅子里的下人端上清茶糕点，待她吹完后吃。除了每隔数日的音武传习，她几乎见不到讴前辈。他似乎有意地在躲避她，甚至是躲避所有人，将整个天下关在他的屋外。

讴前辈不让她喊她义父，也不许她称他师父。我没有徒弟，也不会收徒。讴前辈这么跟她说。府里的下人们都守口如瓶，她唯有在与谢吹琴交手时，才从谢吹琴口中听闻到一些江湖人对讴前辈的敬畏。

『吹琴愚钝，恐怕此生也难以及得上讴大师的半根手指头了。』谢吹琴手抚焦木琴尾，在得知她来自于『一笛风』后，喟然作叹。

她对爹娘是有印象的，只是那印象已经不深，日趋淡化，成了夏日午后山涧水上那模糊的热晕。不知何时，她心中的父亲印象已偷偷换成了那孤寂、寡言的形象，那常年隐蔽在『一笛风』的深处，终日悄悄聆听廊檐下璜珮相击之声的人。

长夜漫漫，轻风无言，适合独自回忆过往，在这样的寂静里，以前的事情也变得清澈、美好。冯青雯意识到此次参与壶丘子的行动也许会凶多吉少，可她不想对不起她那模糊的印象，那模糊的轮廓使她内疚、羞愧，她要借这次的行动以及自毁的觉悟弥补，但她不知该如何与讴前辈道别。

十五年弹指一挥间，是否只留下了晨间的笛曲，与满院的花木？

冯青雯伸手入怀，又从怀里拿出一支竹笛。之前与蓝衫人交手时，那支竹笛已投射出去，只不过这种竹笛她身上好似随时都可以拿出来很多支。长发在夜风中未干，她横笛于唇际，幽幽吹起山乡讴谣。其时元曲盛行，词人多赋曲词，陈汉南国又兴古楚调，冯青雯遂将元曲格律与楚辞韵辙交融，吹出她自编的曲辞乐。

笛声伏地而行，遇水化波，遇风从草，在这荒野寂寂处凭自回圜。冯青雯一曲方毕，溪水中的莲花居然在月色下竞相开放，似是对这曲子生出了知音。

而无人的野地里，在此时却传来了足音。

冯青雯一跃而起，转身四望，却没看见任何人影。脚步声不断地传来，越来越密集，越来越壮大，冯青雯猛一抬头，发现天上的星辰竟俱化为仙人，自天穹上跨步而下。

有古怪。冯青雯心中暗忖，她笛音一变，声律转肃杀，音箭破空而去，将大队前排的仙人射杀，只是无边无际的星辰皆化身而下，短笛音箭射杀寥寥数人，无异于饮鸩止渴。

冯青雯十指微动，笛音陡地拔高变急急之速。笛声从音箭化急雨，从天而降，匪夷所思，漫天的仙人尚未落地便被这突如其来的音武狂雨扑熄。

野地里传来乱蹄奔腾之势。冯青雯甫一低头，惊觉尘土飞扬，荒地里无数灯笼之眼，尽皆是牦牛巨马之阵。铺天盖地的四蹄猛兽汹涌冲来，地动山摇，冯青雯似乎在地面上已站不稳身形，浮浮飘起，落于溪水，站在两株绽开的莲叶之上。腰畔软剑抽出，迎风一抖，身下溪水暴涨，遮天蔽月，冯青雯独站在莲叶上随水波浮沉，长剑指向，水流卷起遍野的铜牛铁马，无一幸免。

是幻术。她在心里暗道。只是自己是何时入幻的呢？在哪个刹那、哪个物件上的迟疑招致入幻的呢？

要知幻术精妙，往往与现实毫无分野，中了幻术之人并不知自己在何时入幻，也不知道自己是被何物吸引入幻。一旦被幻术牵制之人发现了入幻的契机，那么幻术也就不攻自破了。

冯青雯乘着硕大的莲叶在如海般的溪流上漂浮，仔细地回想着之前发生的点滴。突然她身躯一震，想到莫非是那一朵莲花？念头方起，只见漫天星辰又复归原位，溪水依旧在身前流淌，荒野上无牛无马，自己还坐在岸边，手里一支管弦。

只听身后有人说话：『我早跟你说过，幻术困不住她。』

另一人接道：『动手太麻烦了，可惜省不了事。』

冯青雯一个倒翻，凌空跃过一个男子头顶。那人似乎吃了一惊，矮身一避，恰好躲过冯青雯对着他头顶的一掌。冯青雯人不落地，左脚尖轻点他背脊，右脚横扫，将那个人踢飞了出去。人如箭矢般已来到了另一个人眼前，出拳如风，猛击那人胸口重穴。那人忽地旋身如陀螺，拔地而起，身上射出数粒弹丸。冯青雯以竹笛将弹丸一一拨落，弹丸深入泥土，劲力刚猛。那人远远地落在数丈外，对着另一个被冯青雯踢飞的人喊道：『动手麻烦，跟她动手更麻烦，烦烦烦。』

那个被踢飞之人站起身来，似乎没什么事，拍拍身上衣服，说道：『确实麻烦，我怕是打不过她，先走了，你跟她过过招。』说完他居然真的就往无人处走去。

另一个人忙道：『别急啊，等等我，我也打不过她。』他说着也要跟着那人一块儿走。冯青雯心中好笑，长剑一横，剑意隔空锁定那人，问道：『你们是什么人？』

那人说道：『告诉你可以，不过告诉你之后，你得让我走。』

冯青雯喝道：『不说你走不了。』

那人问道：『说了呢？』

冯青雯回道：『也未必能走得了。』

『这样啊，』那人沉吟了一会儿，说道，『既然说不说都未必走得了，那看来只能动手了。』远处那个走掉的人居然又折返回来，对他说：『好啊鱼珠，你居然要出手了，跟人动手都不喊我，还是不是兄弟？』

那人白了他一眼，说道：『不是你自己要走的，谁逼你了么？我可不想出手，太麻烦了，你若是想出手不如来替替我，来来来，请请请。』

另一人慌忙摇手道：『别别别，人家要和你打，可不是要和我打。别客气，你来你来。』

冯青雯长剑突刺，直入那叫『鱼珠』之人前胸。那人侧身闪过，身法飞快，冯青雯感觉眼前这人并不简单，但却一直不愿意出手动武，也是奇哉怪也。

被她踢飞那人吓了一跳，喊道：『她可是动真格的，你再不出手可能就出不了手了！』

『罢了，罢了，麻烦就麻烦点，麻烦总比死了好。』『鱼珠』嘟囔道。

冯青雯第二剑还未递出，蓦地嗅到了一种极其危险的气息。这种气息无法用语言形容，更不是寻常的嗅觉可以描述，每次她嗅到这种气息的时候，都是她面对劲敌的时刻，如她在琥珀山庄与谢吹琴对峙的时候。

叫『鱼珠』的那人在瞬息间转换了整个人的气势，如狮子搏兔，君临天下。他身形一动，竟比之前又快得多，冯青雯只觉得一剑刺空，自己身体右侧却有一支形似敲木鱼的短棒袭来。她挥剑格挡，剑棒交击，短棒在剑身上一粘一挫，冯青雯只觉剑身一沉，右臂被带向地面，而那短棒继续向她的面门挥来。

她左手伸出，手中是那支竹笛。笛孔划过身前，笛身穿风，发出『呜呜』的器音。短棍被音力所阻，不能寸进。冯青雯长剑自下而上撩击，快如电闪，那人眼看便要中剑，手中却在此时多了一个木鱼。长剑撩在木鱼上，发出金铁撞击之声，那人张口一吐，竟有一颗杏核大小的珠子自口中喷射而出，直击冯青雯面门。

冯青雯猛地后仰，一个倒翻出去，落地时木鱼与短棒如跗骨之蛆般又袭至身前。她心中一凛，知道此人确实是个高手，如不全力出手，怕是没有那么容易了断此事。她身随心动，右手中长剑剧烈抖动起来，左手竹笛悬空自鸣，全身上下释放出骇人的杀气。

那人突然说道：『不打了，不打了，何必闹得你死我活。』随即收起手中器物，往后倒退数步。冯青雯盯着他，问道：『你不说我也知道你是谁了。以一副木鱼为武器闻名江湖的年轻人，只有徽州木家木氏四杰里的木鱼珠。』

木鱼珠苦笑道：『完了，任务没完成，连身份都被识破了，老三，我们回去怕是要被木人相数落死了。』

老三说道：『什么我们？你可别扯上我，任务是你的，我只是怕你孤单来陪你的，而且到目前为止，只有你被识破了身份，我可神秘着呢。』

冯青雯看了他一眼，淡淡地说道：『能挨我一脚还跟没事人似的，又和木鱼珠在一起，你想必就是木氏四杰里那个练成〝铜牛铁马身〞的木流马了。』

木流马张大了嘴巴，看看木鱼珠，又看看冯青雯，不知该说些什么什么好。

木鱼珠愁眉苦脸地说道：『罢了，罢了，以后这斥候的任务不能接了。还是让老二来做得好，他可不怕麻烦，也懂应变。走吧老三，现在出发明天晚上也许还能赶回去。』

木流马正准备说些什么，忽然像是身体周围的空气都被抽干。气氛宁静到了极点，木鱼珠与冯青雯只看见两道优美至极的弧线从木流马的身侧划过，木流马转身，似乎右肩动了一动。鲜血溅射出来，在黑夜中是暗红色的花。

木流马倒了下去，木鱼珠惊呼一声，扑过去察看他的伤势。一枚木鱼飞起，抛飞出去；一支短棒随行，重重地敲在木鱼上，倏然间劲气弥漫，使其他人不能靠近。

冯青雯看见文立木手持刀斧，静静地站在二人的上风处。原来他一路追来，正巧撞见木家两兄弟在与冯青雯对峙。木鱼珠与冯青雯交手时，他悄悄潜近，遽尔对木流马猛下杀手，心中愤懑，觉得这二人联手对付冯青雯罪不可赦。

木鱼珠抱起木流马，眼中没有一丝方才散漫的神情，而转为看不出深浅的酷烈。他牢牢地看了文立木一眼，说道：『若我兄弟未死，我会找到你予你同样的伤势；若我兄弟不幸离世，你就等着找人替你收尸吧。』

文立木面无表情，双肩一耸，就要出手。这时候有一只手伸过来按在他臂上，是冯青雯。她对他说：『算了，他们没有恶意。』

木鱼珠抱着木流马消失在黑夜里。文立木收起刀斧，在月光下直到看不见二人才转过身来面对着冯青雯，忽而身形一晃，面色苍白，

冯青雯一把扶住他，惊道：『你受伤了？』

文立木点头道：『我没下杀手，否则他也没机会反击。木流马倒下前以重手法击中我左腹，铜牛铁马，确实名不虚传。』他靠近时已听见些许三人之间的对话，知道了这两人的身份。

冯青雯问道：『要不要紧？』

文立木摇摇头，回道：『没事，中了我刀斧双斩，他劲气与准头都不足了，我脏器受损不重，静养数日便好。』

冯青雯忽道：『你怎么会．．．怎么会来找我？』

文立木一怔，默然片刻，才缓缓说道：『我没地方可去，又觉得你一个姑娘．．．一个姑娘家总是不妥。』

冯青雯没有说话，只是默默地把文立木扶上马。她久已没有受到过一个男子如此的关心，一时间也不知道该如何应对。二人默默地骑在马背上走了一段路，文立木开口道：『冯姑娘准备去往何处？』

冯青雯思量了一会儿，说道：『先去江州。』

二人策马疾奔，天亮时已经到了江州的郊外。江州在东晋已建制。元朝末年，陈友谅登基称帝，定都江州，国号汉，改元大义，以邹普胜为太师，张必先为丞相。

文立木一夜在马背上奔驰，张弛筋骨，与马身的舒展收拢同步而为，经脉运转不歇，到得黎明时分，冯青雯观他面色，竟已不再苍白，反而有了丝丝血色。她这才认可了陈友谅武侯班的实力，果然武侯班中都不是什么寻常的武者。

二人疾驰入城，此时天已大亮，江州城内已有了摊贩与行人。冯青雯似乎对江州极熟，带着文立木来到城南一条街巷里，将疲倦不堪的马匹寄存在客栈里的马房歇息，她打点好一切，对文立木说道：『跟我来。』

冯青雯带着文立木在巷子里拐了几个弯，走进一处看上去毫不起眼的铺子。铺子外的炉子上炖着一个药锅，药香扑鼻。冯青雯推门而入，只见铺子里左手边有一墙柜子，柜子里传出来浓烈的药味，右手边是一套桌椅，一个头发花白的老人坐在桌子后面，正趴在桌子上写着什么。他抬头看见冯青雯，轻轻地『咦』了一声，放下笔来，惊讶地问道：『居然是你这小丫头，怎么跑到我这里来了？』

冯青雯『嘻嘻』一笑，说道：『岳叔叔还没忘了我。我今天是来治伤的。』

姓岳的老者上上下下打量了她一番，疑道：『你不像是受了伤的样子。』

冯青雯笑道：『不是我，是他。』她指了指身后的文立木。文立木这才知道，原来她是带着他来治伤来了。

岳老汉看了一眼文立木，点了点头，说道：『他确实是伤了，面色黄中有白，眼底充血，口唇青紫，应该是被重手法或者重器伤了脾脏。』

文立木施了一礼，回道：『正是。』心想这老人比当年陈皇的御医还要厉害。

冯青雯说道：『岳叔叔，这人就交给你啦，我出去办点事。』

岳老汉黑着脸说道：『屁股没坐热就往外跑，敢情你不是来看我的，只是来求个不要钱的药罐子的。』

冯青雯的声音从门外飘进来：『回来的时候带豆沙糯米桂花糕给您老人家吃。』

文立木尴尬地站在铺子里，岳老汉对他说：『坐下，她跑了，你可不能跑。』

冯青雯记得那个渔父对她说的话，去东门大街找一家空谷琴铺。她从南城穿街走巷，一直绕到东门前。东门大街一直是江州最热闹、最繁华的街市。街宽六个马车身，街道两边有商贾铺廊。大街中央不许闲杂人等车马经过，道边廊前安置一排黑漆杈子。行人皆在廊下黑漆杈子外行走。廊下砌沟水两道，尽植莲荷，夏日里远远望去如刺绣一般精致。商贾铺廊里各家店面多卖饮食，有辣脚子姜、细粉素签、砂糖冰雪冷元子、水晶枣儿、生淹水木瓜、沙糖绿豆甘草冰雪凉水、荔枝膏、咸菜、杏片、香糖果子、紫苏膏、金丝党梅、炸鱼头、辣萝卜、辣豆腐。冯青雯久未在东门大街上闲逛了，于是一路吃了过去，走完了整个东门大街，还是没有看见空谷琴铺的招牌。

冯青雯自觉那个渔父应该不会骗她，便又把东门大街走了一遍，还是没有发现叫『空谷琴铺』的店面。她感到奇怪，心想莫不会是这琴铺生意不好做，已然关张了吧。她正在想着，突然身后有一个低沉的声音想起：『到空谷琴铺就随我来。』

冯青雯心中一惊，扭头看见身后是一个头戴斗笠的男子。男子说完话即走进了斜对面的一家叫做『马记粉铺』的米粉铺，冯青雯跟在他后面进去，只见男子径直走到米粉铺的厨房里，厨房里一男一女正热火朝天地在炉灶上炒着米粉，对斗笠男子和冯青雯视若无睹。男子推开厨房里的后门，却见有一个隐藏在其后的楼梯直上三层。冯青雯跟着他上去，眼前豁然开朗，只见一个宽大的琴室里摆着一张琴几，琴几上有一尾看不出年份的、灰扑扑的古琴。琴室门口横着一张小匾，上书『空谷琴铺』四字。

冯青雯忍不住问道：『琴铺里莫非只有这一张琴么？』

斗笠男子在琴几边席地坐下，淡淡地说道：『不，这张古琴是有人托付我交给你的。平时这琴铺里空无一琴。』

冯青雯疑道：『琴铺里没有琴，还能叫琴铺么？』

斗笠男子压低斗笠，缓缓回道：『空者，无也；谷者，虚也。空谷合在一起，便是空无一物。至于这琴铺么，只做有缘人的生意。悬居高阁，隐于粉铺，便不是任谁都可以进来的。』

冯青雯心想先是一个不打鱼只唱曲的渔父，现在又来这么一个不卖琴的琴铺主人，讴前辈认识的都是些什么怪物。她对着斗笠男子行了一礼，说道：『既然如此，晚辈就把这张琴带走了。』

她只想着赶紧离开这里，她不是很喜欢和老怪物待在一起。

岂料斗笠男子却说道：『不行，带走这尾琴的人，必定是有资格带走这尾琴的人。你必须向我证明，你不会辱没了这尾「陶唐」古琴。』

冯青雯有些吃惊，她未想到这口毫不起眼的古琴，竟然就是号称自上古传下来，在当年的武林中，无数人为了它血溅当场的古琴『陶唐』。

她有些为难地说：『前辈连讴前辈的面子都不给？』

斗笠男子说道：『谁的面子我都不给，我只认琴心，不认人情。』

冯青雯问道：『那我要怎样，才算是有资格带走这口琴呢？』

斗笠男子微微一顿，随即淡然说道：『也没什么，只不过是要你在不接触到这口琴的情况下，使得这琴可以自行弦音化剑，斩断琴身下的琴几而不伤及琴身分毫。』

冯青雯皱眉道：『你这要求，我做不到。』

斗笠男子说道：『音武道真音无相境已是音武大成，早年俞伯牙不过是大音希声之境时，已可以自身为音源，与琴产生共鸣。悟得真音无相之后，理应跨越世俗对于乐器与音声的认知，求索到这世间器与相的本源。』

冯青雯冷冷地说道：『讴前辈没这么教过我，你若不想把琴给我明说就行，不用这么绕着弯子地褒贬我。』

斗笠男子沉默片刻后，缓缓说道：『既然如此，那就等你能做到的时候，再来取这口琴吧。』

冯青雯哼了一声，说道：『取不取这口琴对我来说并不意味着什么，我只是按照讴前辈的指示前来。无论如何，也轮不到你来对我的音武道学指指点点。』

斗笠男子平静如水，悠悠说道：『姓讴的没有教好你，他一定很后悔。』

冯青雯怒道：『你褒贬我也就算了，现在竟然还敢对讴前辈出言不逊！』她含怒出手，十指在空中虚按，蓦地琴室中似有小小的旋风飒起，直扑斗笠男子头上的斗笠。

冯青雯想以音武技掀掉男子的斗笠，杀杀他的傲气，也让他领略下自己在音武上的造诣。

音劲犀利奇崛，甫发便至，冯青雯已经在等着看男子斗笠被掀掉的惊恐表情。

谁知奇袭的音武之力刚一接触到男子头上的斗笠，就无声无息地消散了，像是被那顶斗笠生生地吞吃了一般。

斗笠男子叹了口气，卧在琴几之上的古琴『陶唐』竟然自行浮上半空，琴上七弦无端划动，但却无声。正在冯青雯心驰神摇之际，琴下案几在她眼前自行折断，就如被一柄利剑斩断似的，断口处齐整平滑，整个过程中她都没有听见丝毫的声响。

眼前的这个斗笠男子，几乎已经成了所有音声的坟墓。在他身边，连一丝声音都没有办法逃出他的掌控。

冯青雯额上汗如雨下，呆在原地不知该作何动作。

斗笠男子摸了摸帽檐，淡淡地说道：『你刚才看到的景象，均出自真音无相境的手段，无有越界。不过虽说是手段，但并不仅仅可以用“技”这个字去解释。俞伯牙之所以能在大音希声之境便可与琴身互通，便是因为他潜入了音声的表象之后，发现了音与器、乃至于整个世间的关联。凡物之所以发音，必有振动之源头，无论是琴弦、笛孔、鼓面，或者雷鸣，风啸，雨击，必是一物与另一物互相关联而出声。若能勘破这里面的玄虚，则手段只是领悟后应运而生的技法而已，不足倚重。若堪不破这其中的奥妙，则无论拥有何种手段，亦只是音武本源之外的手艺匠人罢了。』

冯青雯忽躬身伏地，轻声说道：『多谢前辈指点，晚辈受用不尽。』

斗笠男子默然半晌，开口说道：『你先回去吧。什么时候觉得自己能够做到了，什么时候再回来取走这口古琴。』

冯青雯应道：『是。晚辈告辞。』

她回到医馆的时候，文立木正躺在医馆后厅的卧榻上酣睡。他脏器受伤，又一夜未眠，在服了岳老汉给他吃的几种成药之后，困意上涌，沉沉睡去。

冯青雯将街上买的甜食米糕交给岳老汉，岳老汉将她拉到一边，小声说道：『你老实告诉我，你与此人是何关系？』

冯青雯一头雾水，说道：『没什么关系，只不过是朋友罢了。』

岳老汉盯着她眼睛，问道：『当真只是朋友？』

冯青雯回道：『假不了。』

岳老汉又盯着她看了一会儿，见她不似作伪，这才舒了口气，说道：『那就好，那就好。』

冯青雯奇道：『岳叔叔，这是怎么了？』

岳老汉回头看了看在榻上睡得正香的文立木，又把冯青雯拉到门外，这才低声对她说道：『他脾脏的伤不重，不几日便可复原。可是他体内却有两种极猛烈的毒，被精微无比的手法囚在经络穴位之间，两种剧毒互相牵制，毒性相克，故此时并未发作。可一旦某日他身体上出现了大的失衡，则其中一种毒性便会压制住另一种，届时全身窍穴会在顷刻间被毒所侵，正所谓牵一发而动全身，此人的性命可说是朝不保夕。』

冯青雯惊道：『那有没有办法解毒？』

岳老汉略一沉吟，说道：『此种手段非〝孰毒唐尸三百手〞中前三人而不能行。我岳臣半辈子与他们敌对，虽然对他们制毒、布毒、下毒、控毒、解毒的手法无一不明，但对那前三位的惊人毒技就未曾破解过。即便有解毒良药，也难以确保能同时解得了两种剧毒。而且药力与毒性之间的攻守、快慢、发挥作用的时间、区域等等，复杂精微至极，不是简简单单几句话可以解释清楚的。』

他看着冯青雯的眼睛，缓缓说道：『我没有把握解得了他身上的毒，弄不好还会让他提早毙命。你和他如果只是朋友，就别告诉他这件事，随他去吧，你我也做不了什么。』

冯青雯轻咬下唇，侧过身去，看见铺子外的炉子上正煎着一锅药。药锅子里有噗噗的水气蒸出来，带出来锅子里草药的香气。

冯青雯忽然觉得人死亦如这煎药，神魂如水气般消散于无形，唯有残渣在这火烧火燎的世间腐朽。

她忽然问岳老汉：『岳叔叔，这世上是否只有那三个人可以解此毒？』

岳臣摇头道：『也并非只有他们可解。我听闻去年孟春时，"孰毒唐尸三百手"被十余个门派围剿，领头的飞鸿会中，有绿竹入幽径与紫衣挟刀斧二人率另几个门派的供奉攻入三百手的总坛，击杀了几位"前十手"，势如破竹。三百手的总坛本是被布下了重重毒障，寻常人根本就无法进入。但据说那绿竹入幽径在飞鸿七门中专擅毒之一道，又在武学上天赋异禀，毒武双修，这便比一般只精研毒道的毒师们更胜一筹。三百手之首唯我毒尊与第二手挑灯夜毒其时不在坛内，第三手首当其冲，被绿竹入幽径以毒破毒，后在众人围攻下惨死。依我判断，这绿竹入幽径的使毒手段已不在前三手之下，应当可以解得了这毒技。』

冯青雯心中一动，想起了那个身上散发出蓝睡莲香气的蓝衫人。文立木说他是飞鸿会蓝门门主蓝衫经雨故。她还记得他在黑夜里那双蓝色的眸子，以及是夜被他的瞳色所浸染的蓝月亮。冯青雯感慨如这等样人集齐飞鸿七门，还有什么样的门派可以与之分庭抗礼么？

她未及多想，对岳臣说道：『那我就去找绿竹入幽径。』

岳臣一怔，片刻后方才开口说道：『我问你你和他什么关系，你说只是朋友。如今看来，似乎不止是朋友那么简单。』

冯青雯说道：『他是为我负的伤，我欠他一个人情。』

岳臣忧心忡忡地说道：『先不说此人身上的毒是从何而来，单就说绿竹入幽径远在大明都城应天府，岂是那么容易见到。应天府龙蛇混杂，高手如云，飞鸿会又是深不可测，敌我不明。这件事你要想想清楚。』

冯青雯说道：『我会谨慎行事的，岳叔叔放心。』

文立木一直在沉睡，直到黄昏时分，依旧没有醒转。岳臣煎好了药，倒在瓷碗里，本是准备等他醒来后让他服下，现在却已经在傍晚的暮色里凉了许久。

『一会儿又要重新把药热了哟。』岳臣嘀咕了一句，走去街口的米粉铺子买了两碗炒米粉，端回来和冯青雯坐在医馆门外面的小院子里吃了。冯青雯边吃边问岳臣，是否熟悉东门大街上的空谷琴铺，岳臣说从未听说过。

二人看着渐渐落下的夕阳，闻到夏日里牵牛花与蔷薇的香气。有鸟飞过去，落在巷子外面老槐树的枝头，端然不动，似乎也在观赏着迟暮。岳臣在太阳落山前，和冯青雯说了不少讴大师与他自己的往事，感慨他和讴大师已有十余年未见，不知道死前是否还有见一面的机缘。

夜晚在日落后席卷江州，冯青雯独自坐在小院里想着事情，岳臣提了一盏灯笼出来挂在小院里屋檐下的钩子上，便回到自己的屋子里读草药经去了。

夏日的晚间有风，如绵绵不绝的呼唤。冯青雯听见风里传来的街上的人语、伙房里的颠勺声、孩子的哭闹、衣袂当风、河道里的涟漪、墙头猫儿叫，凡此种种，莫不是这人世对她的缠绵。她久居在无人的山谷中，常年听不见这样鲜活的市井之声，她觉得有些迷恋，迷恋这人世的纷繁与喧嚷。

身后传来脚步声，有人走来坐在她身旁，她听出来是文立木的动静。睡了整整三个时辰，药力在体内发挥作用，文立木觉得整个人都轻松了不少。他看见冯青雯独自坐在医馆外的小院里，背对着门，有一种孤影的怜。若她不是冯青雯，而我不是文立木，只是一对江州城中的小夫妻，住在这小巷子里的数间砖瓦屋中，那该是怎样一幅光景。

文立木带着这样的神往坐下来，对冯青雯轻声说道：『多谢冯姑娘带我来这里疗伤，文某感激不尽。』

冯青雯微微一笑，说道：『你为我而伤，我自当医好了你。』

文立木看着她的笑颜，柔声说道：『惭愧，确实麻烦冯姑娘了。』

冯青雯一双星眸闪烁，轻声问道：『你也没有家人了吗？』

文立木回道：『爹娘早年病死，亲族为财反目，我变卖了家里的产业，早已断绝了和亲友们的往来。』

冯青雯目光幽幽，转而看向墙角处的微微萤火，慨然叹道：『看来你我一样，都是流落江湖的孤家寡人。』

文立木此时有一股冲动，想说我可以执子之手与子偕老，想轻轻抱住她说安慰话，想摘下天上那一轮弯月送到她的眼前。可也终究只是想想。

冯青雯并不知道文立木心中的想法，她继续幽幽地问他：『你可曾觉得孤寂？一种万籁俱寂的隔绝感，仿佛整个人世都与你毫无关系，你只是坐在戏台下面看戏的人。戏台上无论怎样喜怒哀乐、婚丧嫁娶、宏图大志、沉冤得雪，都只是在戏台子上的事，分毫不能牵连到台下的人。你在台下鼓掌、叫喊、哭泣、狂笑，台上的人都无动于衷，他们只活在他们的戏文里，而你只是个戏文之外的看客。』

文立木沉默半晌，低声说道：『爹娘刚过世那段时间，我年方十五。家中的亲戚见我年幼，妄图霸占我爹娘留下的产业。他们不知道我一直习武，便是预感到会有这样的一天。头七的晚上，他们聚在我家里，想让我立下字据，把产业交给他们打理。当晚我喝了一斤黄酒，打伤了所有家里的亲友，当我抽出我的刀架在宗家大伯的颈子上的时候，有那么一个瞬间，我觉得自己和这个世间算是彻底断掉了联系。一个十五岁的孩子，被逼到如此的境地，只能与家人拔刀相向，他还能有什么别的感受么？孤寂，诚如冯姑娘所言，当时的确觉得孤寂。不过后来我便没有这样的感觉了。』

『哦？为何呢？』冯青雯问他。

『因为，我有了朋友。』文立木的嘴角露出笑意，似乎回忆起了些美好的事。

『当我如一匹孤狼在江湖上拼杀的时候，没有人在乎我的生死，连我自己都不在乎。一次被人围杀，真的要死了，幸尔得壶丘先生搭救。后入了武侯班，在壶丘先生的引荐下，与一群孤独的武者们成了朋友。他们都孤高，却磊落，绝不笑里藏刀、虚与委蛇。他们要么就拒你于千里之外，可一旦把你当做朋友，就会肝胆相照、两肋插刀。这样的武者在江湖中越来越少了，也许是因为尔今的江湖越来越不适合这样的武者生存了吧。门派之间勾心斗角，人与人之间尔虞我诈，武者们追求的不是武道的至境，却是些功名利禄的事情，这已经不是一个武者的江湖，而是阴谋家、野心家的江湖。道，取直；道，以诚。一个对人对己不坦诚、对事对物不直接的人，如何可以走上武道之路？』

文立木似乎打开了话匣子，在冯青雯面前滔滔不绝起来。冯青雯用右手支起了腮，静静地听下去。

『以前的武道大家，渐渐地都隐世不出了。如关墨，如唐白木，如壶丘先生，也如你家那位讴前辈。以前的江湖还是武者的江湖，是一个快意恩仇的江湖。你与我有隙，便可以拔剑五步，血溅当场。你于我有恩，无论山高水长，我都会铭记在心并知恩图报。以前的武者追寻武道至境，所以那一辈人里可以诞出那么些武道巨擘。关墨在我这个年纪就已经一剑击败了原翰宗，成为了天下第一剑；壶丘先生相传是那一辈人中第一个入道境的武者；唐白木不到三十便领悟器道奥妙，成为三大绝世武者之首；刘客幽以文入武道，年方而立便击杀九华地藏，成为古徽州第一人；左丘飞鸿纳万物为一，三十岁时创立飞鸿会，屹立应天府而不败。还有讴前辈，我后来想起听别人提到过，说以前有一个音武道万中无一的惊世奇才，曾独自挑战整个南宫世家，南宫家竟无一人是一合之敌。后来若不是迟重彻与叶落然赶到援手，保住了南宫家‘音武正宗’那块牌匾，现在可能就不会有音武道正宗南宫家的江湖名声了。』

文立木说到这里，唏嘘不已，仿佛自己也沉浸到当年那绚烂多姿的武林掌故中去了。冯青雯看着他投入地诉说着这些内心真诚言，渐渐地对他有了些异样的感觉。

『只是世道变了，人心也变了。武者生于时代，也依附于时代。汉人与蒙人的战争，是大势所趋，没有错，也无可辩驳。无论是朱元璋还是陈皇，都不过是这时势下一个被拣择出来的人物，他们是这出戏里的角儿。壶丘先生站在陈皇这一边，是因为他武者的诚与情，他与陈皇是过命的交情，他没有违背他自己的道，他只是随着时势的变化而转变了自己的身份。我不了解刘客幽与左丘飞鸿，也不知道他们依附于徐达和李善长究竟是出于什么原因和目的，但我可以非常坦诚地说，我并不欣赏这样的依附，当然，这句话包括壶丘先生，也包括我自己。与壶丘先生相比，我少了些情与义，多了些世俗的生存之道，当然也是出于对壶丘先生的感激与尊重。我欣赏的是不能容于这时代而隐匿的人，或者说，是秉持自己的武道而抗拒这个时代的人，比如关墨、唐白木，以及讴前辈。他们才是真正将自己奉献于武道的武者，在他们的心目中，生存永远及不上武之一途的纯粹，或者说，他们根本不屑于用生存这个理由来为自己的妥协和软弱作借口。诚然世俗之人会说，没有什么比活下去更重要的了。当然，性命是重要的，活下去也是重要的，但活下去与在别人眼中衣食无忧、生计通达是有天壤之别的。《论语》里夫子评价颜回，『贤哉，回也！一箪食，一瓢饮，在陋巷，人不堪其忧，回也不改其乐。贤哉，回也！』颜回这才是世俗之人说的生存，是活下来，但世俗之人肯安于这样的生存，这样的活下来么？他们总是口是心非，词不达意。也许我并没有资格评判他们，因为我深知自己也是这样的。所以，许名来找我，说壶丘先生有大义之谋，希望我可以成为其中一员，我答应了，因为我还是想找回自己的那一点纯粹，武者可以为了情和义而抛下性命，也许只有这样抛下所有冗赘的东西，我才可以真正走进我的道。』

冯青雯那如星辰一般的双眸仔细地盯着他的脸，觉得自己眼前这个男子忽然间有了一种刚见面时没有的气质。那是一个从小习文之人的儒雅气么？还是一个一心追寻武道至境的清心人的纯净气呢？也许都不是，而又都兼而有之。这两种气质与他自身固有的忧郁和执着参杂在一起，使得冯青雯一时间不想与他分开，还想听他一直这么说下去。

文立木见冯青雯一直盯着他看，还以为自己这番话有什么地方得罪了她，抱歉地说道：『文某话多了，如有得罪之处，还望姑娘包涵。』

冯青雯笑道：『何来得罪，你说得很好呢。只是我觉得你并不像你自己说的那样世俗，你留在武侯班里，一方面是因为壶丘先生的原因，另一方面可能就是因为你之前所说的朋友吧。我与你一样，自小孤独，明白一个从小孤独的人对亲情、友情，陪伴的渴求。武侯班里的人与你相同或相近，纯粹的武者脾性，也许也大多孤身一人。而壶丘先生于你而言，可能更多的是父亲的感觉。你在那样的环境中流连，不愿离去，是人之常情。』

文立木心生感动，这么多年来，冯青雯是唯一一个如此通达他内心的人，而且还是这么一位洛神般的女子。

『你看你使的武器，左手刀，右手斧。无意中你也在将自己这种对陪伴的依恋运用在你的武学之中。刀与斧本可以独自成器，练至化境，比如刀道圣宗岂子道，又比如斧道大家紫衣挟刀斧，便都是单练一器的，而你却将刀与斧合用，可见孤独对你影响深远，使得你不愿在任何事情上落单，哪怕是兵器。我观你几次出手，并不能说你左右两边身体极为协调，天生就适合用双手兵器，所以我觉得那是另有原因的。』

冯青雯星眸闪动，闪得文立木心中一阵心神摇曳。他从未深思过自己缘何会以双手使刀斧，只是觉得既然学了刀，又学了斧，那便都用上好了。今日听到冯青雯这一番妙解，忽而好像对自己有了重新的认识。

他看着冯青雯的眼睛，真挚地说道：『冯姑娘真是一席话惊醒梦中人，文某从未这么想过，但也许真的如冯姑娘所言，这一切都有着千丝万缕的关系。文某从小到大，从未与人有这么知心的深谈，今日与冯姑娘晚来一叙，竟有了相见恨晚的感觉。』

冯青雯感受到了他的真挚，他的眼睛在夜晚昏暗的灯光下特别明亮。冯青雯缓缓地回应他：『相见恨晚吗？如果早相见，你还不是今日的你，我也不是当下的我，也未必就能谈得如今晚这么投契。你说是么？』

文立木点头赞道：『不错，还是你想得周全。冯姑娘如此蕙质兰心，想必以后一定会有个完满的．．．完满的武道之途。』

冯青雯笑道：『哈哈，你本来准备说什么的？』

文立木挠了挠头，有些尴尬地说道：『是我世俗了，我本来想说冯姑娘会有个完满的亲事，有个如意的郎君。』

冯青雯正色道：『谁说我要嫁人了？』

文立木急忙说道：『是我失言了，还望冯姑娘切勿动怒。』

冯青雯突然笑道：『我可没生气，男大当婚，女大当嫁，人之常情。只是我觉得，也不一定就要婚嫁，能与自己喜欢的人在一起，不才是真正值得追求的么？』

文立木点头道：『正是。』

二人四目对视，一时间都忘了该说什么，只是想就这么看着对方。忽然身后传来岳臣低沉古怪的声音：『你们两个小家伙晚上不睡觉坐在门口罗里吧嗦一大堆，把老头子我都吵醒了。』

二人一惊，急忙站起身来，只见岳臣嘟囔着坐在屋里打着哈欠，才意识到时辰已晚，是该睡了。冯青雯让文立木还是睡在医馆的里间卧榻上，她自己去了白天安顿马匹的客栈要了间房。睡在床上的时候，她的心扑通扑通地跳个不停，她想起了文立木刚才凝视他的眼神，那眼睛似乎会说话，那么忧郁、深情，仿佛有很多事情要诉说，却欲言又止。她不知道，文立木几乎就在同时，也在卧榻上想着她看着他的样子。

这一觉睡得很沉，冯青雯毕竟已经有一天一夜未合眼。夜里她梦见讴前辈一把火点着了『一笛风』，那山谷里的幽宅肆意地燃烧，像在宣泄着数十年来蛰伏于此的幽怨。她拉住讴前辈的手，问他为何要这么做，讴前辈的眼睛里流下血来，看着她对她说，别再喊他前辈了，他叫讴永言，是那个以音武绝艺纵横武林而未逢一败的讴永言。冯青雯看见宅子里有人，有凄惨的下人们，还有他不认识的人。忽然她发现文立木也在大火的中央，他左手刀，右手斧，正在与火焰搏斗。火势越来越猛，文立木抛下刀斧，发疯似地用手捧起火来塞进口中，他竟然在吞食那些火焰，他开始从内部燃烧。顷刻间文立木成了一个火人，他并不喊痛，却张开双臂，火焰在他的两臂上延伸，如一双翅膀。他拍打着自己的火焰之翼，从大火里飞了出来，他大笑着扑向讴永言，二人扭打在一起，一个全身浴血，一个通体火焰。他们嚎叫着一起飞上了天空，冯青雯伸出手去，却只接到了他们化为灰烬后落下的残屑。

她从梦中惊醒，一时之间没想起来自己身在何处。哦，是在客栈里。她缓缓地起身，听见客栈窗外熙熙攘攘的声音。她推开窗户，发现早已日上三竿，她这一觉，足足睡了有五个时辰了。冯青雯心中挂念文立木，急忙梳洗了一下，又去马厩看了下马匹，并吩咐店里的伙计用上好的草料喂它们，随后就赶到了岳臣的医馆，只见岳臣和文立木正坐在医馆的桌子两边研究着一本草药经。

应天府地处丘陵地带，四周没有高山，却也有小山起伏盘踞，如龙如虎。自东吴以来，历经东吴、东晋、宋、齐、梁、陈、南唐，应天府实已是七朝之古都。朱元璋一统南方半壁之后，定都应天，国号大明，便是看中了应天府地势易守难攻，且底蕴尤深，东方更是有紫气龙脉之说。后正一道张仲纪归附在朱元璋麾下，被朱元璋赐『上清紫府混元护国真人』之名号，常伴朱元璋左右，时而会为朱元璋开天眼，审江山风水之流徙。一日，张仲纪携座下掌书、赞教二使随朱元璋来到应天府城东四十里处的汤山围场畋猎，忽天降大雨，张仲纪睹见大雨中东郊山脉绵延化作龙形，遂立刻开坛施法，在大雨中以金粉研墨，疾书神符四十章，以铅汞护住，命手下小道童骑快马入山，将这四十道神符贴在山脉的腰眼上。张仲纪符书画毕，即跪下向朱元璋贺喜，说老君显灵，城东龙脉显现，上清宫赐下四十道神符封住龙脉不散，保圣上永坐龙殿，万世基业太平。朱元璋大喜，又封赏张仲纪黄金千两，道宅二处，另赐正一道道观三座，广续香火。

徐达与李善长曾秘荐朱元璋，希望圣上可以明察秋毫，莫对正一道过于亲信。虽然宗教有教化黎民之用，但也有蛊惑人心之能。二人列举汉唐时道家术士作祟，以长生不死、白日飞升为饵，引诱多位皇帝及在朝大臣服食丹药，最后都痛不欲生，死状奇惨。李善长痛陈利害，说术士心怀叵测，利用人性之弱点，最是卑贱。徐达更是怒骂道教败坏朝纲，扰乱人伦，应当重重罚之。朱元璋虽未采纳二人的意见，但此后对张仲纪及正一道也稍作疏远。他偶尔会调侃徐达与李善长，说二位爱卿有刘客幽与左丘飞鸿这样的绝世武者贴身保护，自己也唯有张仲纪这么一个道武双修的名仕在身侧了。徐达与李善长皆大呼罪该万死，愿将刘客幽与左丘飞鸿引荐至皇驾前伺候。朱元璋微微一笑，婉拒了二人的好意，说二位爱卿是朕的左膀右臂，对朕重要至极，岂可没有强手在身边，刘客幽与左丘飞鸿二位爱卿还是自己留着吧。徐达与李善长感激涕零，大哭谢恩。从宫内退出后，本在殿上同仇敌忾的二人却毫不理睬对方，肃容正色，各自上各自的轿，打道回府。

徐达与李善长二人位极人臣，在朝廷里各自招揽官员，分庭抗礼。这么一来，江湖上的势力便自然分成了两个大的派系，各自依附一股朝廷中的力量。徐达麾下以常遇春为主，暗中协调、统筹各个门派之间的关系，并不断地在江湖中刺探情报。李善长信赖同乡，扶植胡惟庸为副手，为他在江湖上广布势力与眼线。可以说，除了朝廷的情报衙门，二人各在武林中布下了庞大的情报与眼线的脉络。而一部分江湖门派拿捏住了这二位万人之上的权贵的心思，也极力地去刺探一切可以刺探到的情报，以换取这二人的信任与重用。比如江南叶家、徽州木家、以及飞鸿会。

左丘飞鸿常年在李善长左右，深知李性格偏狭，喜怒无常，一旦让他觉得飞鸿会不值得他扶持，自己与门下众人便会举步维艰。他特意将七门中的蓝门门主——蓝衫经雨故训练成身怀绝艺的斥候，比之叶家鹰眼阁里的那些斥候而言，蓝衫经雨故可以说是宗师级的存在了。因为是左丘飞鸿秘密安排的角色，所以蓝衫经雨故平时只独自面见左丘飞鸿，其他几个门的门主与蓝衫也几乎没有见过。蓝衫经雨故不负左丘飞鸿所望，几年下来打探到不少隐秘至极的情报，使得李善长一直觉得飞鸿会物堪所用，甚至有些瞧不透。

陈友谅在鄱阳湖一战中中乱箭而死，其子陈理后又在武昌开城门称降，李善长曾力主杀之，因为斩草务必除根，否则会后患无穷。徐达也持此议。不过朱元璋力排众议，说我大明还容不下一个枭雄之后么？遂将陈理接至应天府，赐侯爵位，赏城中官邸一座。

李善长与徐达不敢多言，但二人皆知，鄱阳湖一战中，陈友谅身边平时最贴身的武侯班成员均未参战。甚至就连一直不离陈友谅身边三丈的陈汉第一高手壶丘洞天都未在此战中现身。二人收到层层递上来的情报，皆思虑良久。依李善长的看法，陈友谅大战前遣散武侯班，一定是在为后面埋下伏笔。如果大战失利，陈友谅败亡，其子陈理依然可以启用武侯班，以致卷土重来。不过后来陈理在武昌城投降之快，是李善长没有料到的。显然武侯班并没有归附于武昌的陈汉后裔。那么，壶丘洞天等一行人的动向便成了一个待解的谜。李善长预感到他们也许在谋划着什么，但是他不敢确定。壶丘洞天之能他十分清楚，曾在千人之中如入无人之境，欲取圣上的首级，幸而刘客幽出手拦截，这才没有得逞。胡惟庸知道他心思，调度庞大的眼线脉络，探听到壶丘洞天尚有两名弟子，一女一男，本蛰伏于两湖一带，在陈汉覆灭后却频频出没，似乎是在为什么而作准备。李善长觉得不妥，吩咐左丘飞鸿派出飞鸿会的斥候，拿到关于壶丘洞天一方最直接的情报。几乎同时，常遇春也得到自己手下江湖势力关于壶丘的情报，呈给徐达过目，并建议徐达动用位置最近的徽州木家的势力，以详细勘察壶丘一行人。万千缘由汇聚在一处，才会有如今的局面。蓝衫经雨故与木鱼珠都尝试先从壶丘洞天入手，却屡次被壶丘及其身边的老和尚与灰衣人发现，这三人武功太高，无法盯梢，蓝、木二人遂而转向他的女徒弟。岂料这个看上去的弱质女流，武功之高、反应之机敏，并不在老和尚与灰衣人之下。蓝、木二人屡屡碰上硬茬，无奈之下，只好转向壶丘的男弟子许名。这才一路到了『一笛风』，遇上冯青雯，发生了后来一连串的事情。

飞鸿会选址在鸡笼山上建会中屋舍殿堂，是左丘飞鸿的意思。鸡笼山虽不高，却可以俯瞰应天府，易守难攻，西接鸡鸣古寺，北面后湖，东临南唐皇宫旧地，确实是一处颇具王气的山地。鸡笼山下有进香河，河面上来来往往着去上香的船只与打渔为生的船夫。人生喧沸，却无人注意到一个身穿蓝衣的人沿着上山的坡路而行，几个纵跃之间已来到半山的凉亭外。只见凉亭中站着一个玄袍中年人，正在观赏着几朵从藤上攀进凉亭里来的蔷薇。

蓝衫人在亭外躬身行礼道：『会主。』

原来这个玄袍人便是飞鸿会的会主——左丘飞鸿。

左丘飞鸿没有回头，只是淡淡地说道：『蓝衫，进来说话。』

蓝衫人正是从江西行省赶回来的蓝衫经雨故。

蓝衫经雨故步入凉亭，站在左丘飞鸿身侧。左丘飞鸿又赏花片刻，这才转过身来，坐在凉亭中的石凳上，缓缓问道：『此行可有什么收获么？』

蓝衫经雨故沉声回道：『壶丘洞天弟子许名招揽了原本在武侯班中的文立木，后二人又到江湾山谷里，拜访了“一笛风”里的人。』

左丘飞鸿眉头微皱，问道：『他们去找讴永言了？』

蓝衫经雨故答道：『正是。不过讴永言并未与他们同行，只是派出冯青雯随许名回江州。』

左丘飞鸿沉吟片刻，正色道：『讴永言不参与就好，这人当年威名极盛，几乎不在壶丘洞天之下，他们要是联起手来，就麻烦多了。』

蓝衫经雨故说道：『那冯青雯也身手不俗，属下在江西与她交了手。』

左丘飞鸿说道：『哦？难得你会出手，是什么勾起你动手的兴致了？』

蓝衫经雨故说道：『不敢隐瞒会主，属下一向以来都对音武道颇有兴趣，想试一试其深浅。当日与冯青雯一战，倒真是对属下有颇多震撼。』

左丘飞鸿笑道：『身为一个斥候，却忍不住与被盯梢之人动手，蓝衫啊蓝衫，你怕是做斥候做得烦闷了，想学青山与朱颜，随我征战中原了吧。』

蓝衫经雨故回道：『会主安排的任务，蓝衫不敢有不满。不过青山与朱颜二位大哥，确实是蓝衫仰慕的对象。』

左丘飞鸿笑道：『看来你确实是有些怨气，只是不好当我面明说罢了。在如今的江湖上，一个门派之中，情报极为重要，甚至关乎生死存亡，我将你安排在这个位子上，实际是对你托付了飞鸿会的重中之重。蓝衫，你要明白我的苦心。』

蓝衫经雨故急忙起身道：『会主苦心孤诣，蓝衫岂敢有埋怨。如果不是会主收容我等七人，又传我等武学，我们怎会有今日的风光。蓝衫绝不敢怠慢会主的吩咐。』

左丘飞鸿摆摆手让他坐下，复缓缓说道：『既然许名招揽了这些好手，那么说明沈煜以及壶丘洞天他们也应该没闲着。据你的描述，壶丘身边那个老僧，也许便是净居寺里的那个疯和尚，我也曾有耳闻。他多年前就参禅入痴，以灯录入武道，半疯半癫，平时以文殊师利菩萨自居，听说别开生面，走出了菩提禅武的新路子。灰衣人应该是壶丘洞天的师弟聂道根，一柄小红锤名震南北，也曾击碎过数名大明这边派过去的道境武者的武道根基。至于他的那个女徒弟沈煜，没什么名气，不过能使你都难以近身的人物，说不定她也是壶丘洞天深藏的一枚棋子。』

左丘飞鸿望着凉亭外随风摇摆的垂柳，喃喃自语道：『他们究竟想干什么呢？』

近来战事稍歇，自大明灭了陈汉之后，徐达携大将军印班师回朝，受到朱元璋诸多赏赐，朱元璋一统南国，意气风发，下一步便是北伐大都，意欲将元朝皇庭彻底赶出中原。北征自是少不了徐达的统兵之能与帅军之威。故朱元璋欲用人前必先厚赏，又知道徐达原配夫人病逝，于是就在应天府安排了大家闺秀为他续弦。朱元璋颁下圣旨，赐朱元璋续弦为诰命夫人，准许徐达府大摆宴席，宴开三晚，并送上贺礼，以示对徐达的倚重。

徐达在府中接旨，三呼万岁，叩头以谢皇恩。他虽出身军伍，可这么多年来耳濡目染，已通透了官场上的套路，圣上说宴开三晚，那就宴开三晚，且还需力请圣上移步徐府主持婚礼，无论圣上是否亲临，该做的都还是要做的。

徐达在第三日晚宴当夜，收到了常遇春发来的军部急函，函件上却不是说军部的事，而是提及叶家鹰眼阁失手，派出去刺探壶丘洞天一方的斥候已经全部失去了联系。

徐达在内房看完函件，顺手就在烛火上烧了。他在房里踱了几步，转身对另一人说道：『刘先生，看来我们没有完全依赖叶家鹰眼阁还是明智之举。』

房里的暗处站着一个白衣文士，却正是徐达麾下武者幕僚团首座刘客幽。

刘客幽说道：『鹰眼阁眼线虽密，斥候人手虽多，却缺少可以独当一面的高手。寻常情报还能应付，一旦遇到需要监视武道大家的情况，鹰眼阁往往就力不从心。』

徐达问道：『刘先生，我们自己派出去的人可回来了？』

刘客幽答道：『虚先生正一路跟随壶丘首徒，前些日已飞鸽传书给我，说一切顺利。以他隐匿潜藏的手段，当不会出什么问题。』

徐达双目炯炯，沉声问道：『他可打探到什么？壶丘一方究竟在干什么？』

刘客幽回道：『书信上说，壶丘这个女弟子接连拜访了三四个原陈友谅武侯班的武者，个个击杀，无一人幸免。』

徐达疑道：『哦？武侯班的人皆身手不弱，几乎全是各派宗师，此女如此厉害，竟可以全身而退么？』

刘客幽答道：『正是。据虚先生回报，此女精通玄阴冰煞手与赤焰烈火掌这两门彼此绝不相容的惊人武技，一手炽热如火，一手冷酷如冰，击杀的数人几乎无人可以在她手下撑过十招。』

徐达沉吟片刻，复道：『壶丘洞天想必是派出此女击杀那些叛变的武者，可我们现在仍然不知道壶丘洞天想要干什么。请刘先生飞鸽传书于虚先生，通知他若在此女身上再也无法探明壶丘洞天的明确意图，便请他转向壶丘的另一名弟子。事不宜迟，今夜就发出，我知道李善长那边一定也在窥伺着这件事。』

刘客幽微一躬身，只见内房里烛火轻晃，灯火下已不见了刘客幽的影子。徐达捻着胡须，喃喃自语道：『李善长啊李善长，你此刻想必也在绞尽脑汁地揣测壶丘洞天的意图吧？』

左丘飞鸿叮嘱蓝衫经雨故在鸡笼山上稍歇二日，二日后还需启程去往江州，因壶丘洞天的居所一直都在江州，他感念陈友谅对他的恩情，并追思陈汉开国时的王图霸业，并未跟随陈理朝迁至武昌。也许壶丘洞天也看出来陈理不堪大用，其父陈友谅虽英雄一世，却对自己的亲儿过于宠溺，武昌城果然在大明军逼迫下迅速归降，陈理为保自己的身家性命，不惜舍弃一班忠心老臣，并亲手将传国玉玺呈献朱元璋。朱元璋杀掉了陈汉最后一批家臣，却留下了陈理的性命。壶丘洞天在得知陈理朝投降当日，曾站在天井里大哭三声，时天降暴雨，天井里的水缸接满了水，还一直汩汩地从缸中溢出来。

左丘飞鸿独自沿山路而下，走到进香河边，已有一艘黑蓬快船停在河岸边等候。左丘飞鸿身形一晃，人已在蓬中坐下，船头站着的船夫摇棹起行，黑蓬船在河道里左穿右插，速度奇快，不片刻便到了长干桥下，乌衣巷前。

朱雀桥边野草花，乌衣巷口夕阳斜。旧时王谢堂前燕，飞入寻常百姓家。

这是刘禹锡当年描摹乌衣巷王谢二家的诗文，如今王谢二家的府宅已不可寻，原处却已是当今中书左丞相府——李府。李善长甚得朱元璋器重，官拜中书左丞相，另被赐乌衣巷府宅一处，朱元璋希望李善长也可以如古人先贤王导、谢安一般，辅佐朝廷，成为良弼。

左丘飞鸿走入丞相府的时候，李善长正在府中的正厅内喝一碗龙井茶。宋代的青瓷茶碗，内里是灵隐虎跑雨前摘下的云顶嫩芽，以文火煮开的泉水静置半柱香后冲泡，大厅里茶香扑鼻，左丘飞鸿进来时忍不住赞道：『好香的茶。』

李善长身后站着一名全身白衣的剑客，见到左丘飞鸿，立即躬身行礼道：『会主。』

左丘飞鸿笑道：『你每日在相爷左右，想必也学到了不少讲究事。』

白衣剑客回道：『回会主的话，白日依山尽不敢视、不敢听、不敢闻，除非有危及相爷的事，否则其他一切与我无关。』

李善长放下茶碗，对左丘飞鸿说道：『他很好，以后就让他常侍我左右吧。』

左丘飞鸿说道：『左丘也正有此意。』

李善长双目如炬，看着左丘飞鸿，问道：『今日来可是有壶丘那边的消息了？』

左丘飞鸿应道：『正是。前方斥候打探到壶丘洞天的弟子许名招揽了前武侯班的文立木，并请出了"一笛风"里的冯青雯。而壶丘洞天本人及其师弟则拉拢了净居寺里的疯僧文殊师利，应当是在召集人马，以待起事。』

李善长用食指摩挲着茶碗的边沿，沉思良久才开口说道：『这事情还有谁在调查？』

左丘飞鸿笑道：『徽州木家、叶家鹰眼阁，不过这两边应该是都断掉了。』

李善长说道：『木家和叶家虽然都是徐达那边的势力，不过以我对他的了解，他应当不会单单依赖他们。刘客幽招揽来的那个虚中侯可能也被派出去了。』

左丘飞鸿问道：『为何相爷与徐达都对壶丘洞天那边的动向如此在意呢？』

李善长喝了口茶，喟叹一声，这才缓缓说道：『原本也没什么。只是圣上下月要去汤山围场畋猎，顺道还要去上次张仲纪贴符的那座山上游玩。我本反对进山，徐达也与我一样，只是那张仲纪一味在圣上耳边吹嘘龙脉，说真龙天子踏上龙脉必能吸取天地龙气，于江山社稷的繁华或是于圣上肉身成圣都大有裨益。圣上很是心动，一意要进山观符。山势险峻，山路狭窄，且容易藏匿身形而不容易被发现，十分适合伏击刺杀。』

左丘飞鸿沉吟道：『壶丘子理当不知道圣上下月的动向。』

李善长说道：『无论他知道还是不知道，我们都不能冒这个险，所以徐达与我都想把他们的意图摸清楚。再者，如果壶丘一方确实知道圣上的动向，那么，嫌疑最大的就应该是张仲纪那边了。』

左丘飞鸿说道：『以壶丘洞天之能，再加上他师弟聂道根，文殊师利，他弟子沈煜、许名，冯青雯、文立木，以及其它目前还不知道的高手，如果暴起发难，仓促之间，会是一股很难对付的力量。山路逼仄，禁卫军也难以展开作战，到最后还是得靠武者去拦截武者。』

李善长点头道：『不错。难就难在，此事目前还不能告诉圣上，万一到那日并没有刺杀，圣上一准会认为我是嫉妒贤能，排斥异己，是专门针对张仲纪，怪罪下来，圣威难测啊。所以，左丘，你务必把这事调查清楚，万不得已时，即便是你亲自出动，也要探得壶丘一方的底细。』

左丘飞鸿说道：『相爷放心。真到了那个时候，只怕不仅仅是左丘我，徐达想必也不会让刘客幽舒舒服服地待在应天府了。』

李善长神情凝重地说道：『那个壶丘洞天也恁是了得！圣上御驾亲征那次我不在场，后来听徐达说那个壶丘洞天委实鬼神一般，穿过重重禁制逼近圣上身侧，若不是刘客幽及时出手，只怕圣上也会遭遇不测。只是圣上回来后却对那个壶丘洞天赞不绝口，说此人极为难得，有机会还想将他招降。圣上爱才心切，可那壶丘洞天却是对陈友谅一片忠心，到如今还在图谋不轨，委实可恨！』

左丘飞鸿道：『壶丘子武功之高，只怕并不在唐白木之下。在我这辈的武者中，壶丘洞天是第一个入道境的大家，第二个才是唐白木，他师弟聂道根位列第三，所以江湖中人称‘道境第三人’。武林中卧虎藏龙，许多人隐居田野，可余威犹在。只说那‘一笛风’的主人讴永言，藏身于江湾深谷之中，似乎与世无争。可他当年纵横南北武林时，即便是迟重彻、叶落然与南宫引三人联手，都奈何不得他分毫。适逢乱世，很多人恐怕也都跃跃欲试，要再来重历一遍江湖了。』

李善长抿了口茶，双目灼灼地看着左丘飞鸿，轻声问道：『左丘，如若是你与壶丘或者那讴永言交手，胜负几何？』

左丘飞鸿微微一笑，淡然说道：『相爷可听说过，百年前武林中风起云涌，有三足鼎立，可知是哪三足？』

李善长摇头道：『这些江湖事，我哪里能够通晓？你就别卖关子了，速速道来。』

左丘飞鸿笑道：『是。百年前西湖蓝家家主蓝佑臣绝艳惊才，自创‘玄瞳镜剑’，剑术通玄，是为一足。不过即便他如此剑术，亦不敢称自己为天下无敌，只因还有另两足威名更盛。其一便是皇极门门主皇玄极。此人百年前未逢敌手，一身艺业只怕已震古烁今，成为绝响。他流传下来的武道秘籍‘皇极惊世书’残卷百年来一直是武林中人梦寐以求的瑰宝。还有一足，便是可以与皇极门一较短长的摄韵阁。摄韵阁阁主宗韵古以天地声韵入武道，兼修拳指，当年甫一出道便石破天惊，后与皇玄极交手三次，三次皆全身而退，威名遂起。此三人，便是当年的武林三足。』

李善长插口道：『这与我问你的问题有何干系？』

左丘飞鸿说道：『只因那皇玄极的残卷，最后落在了我的手中。』

李善长稍感意外，说道：『哦？』

左丘飞鸿继续说道：『可我却并未修炼残卷上的武功。』

李善长来了兴致，追问道：『这是何故？』

左丘飞鸿淡淡地说道：『盖因左丘自己参悟修习的武道，才是最适合左丘自身的武道。皇极惊世书所载的武学再厉害，终究也是别人之物，非出于真我。我后来参研残卷上的武学，将其分成七份，按照各人的天资才情传授给了七名门主，也算物尽其用。青山依旧在的‘皇青国气’部分保留较完好，改动也较少，是最能复现当初皇玄极武学原貌的功法了。』

李善长感慨道：『武林中人梦寐以求的瑰宝，就这样被左丘你授予了弟子们，汝何其泱泱乎？』

左丘飞鸿笑道：『当然还有一个原因，那就是左丘认为我自身的武道，绝不在皇极惊世书之下。』

李善长长叹一声，悠悠说道：『左丘飞鸿毕竟是左丘飞鸿，我算是没有看错你。』

应天府金川河边有毗卢古寺，寺中因供养毗卢遮那佛而得名。毗卢寺边有黑瓦古巷，巷中居民多为虔诚信徒，平日里常念佛经、吃素斋，感怀大慈大悲观世音菩萨，故此地为巷道取名大悲。大悲巷深处，有一座大门紧闭的宅院，鲜有人迹。深院大宅紧邻毗卢寺，每日毗卢寺里的梵唱与击钟声都能清清楚楚地传到宅院里。

午后时分，毗卢寺里的和尚们吃完了午斋，在钟声里回到精舍歇息。精舍的院墙里长了一株杏树，夏日最热时，僧人们会拿着长杆去敲枝头接的杏子，没打下来的，便全部落入了鸟喙。一个小沙弥，中午趁着众僧休息，便独自拿着杆子站在墙边打杏子。打着打着，引来了一只灰喜鹊，意欲啄食枝头的杏子。小沙弥见状就挥杆赶它，岂料杆子挥得用力，连带着枝头上的几颗杏子都落进了墙外大宅的庭院里。灰喜鹊振翅躲避，也跟着那几枚杏子要落到旁边的院子里。

小沙弥眼见着灰喜鹊飞过院墙，正要落下的时候，似乎有精光一闪，灰喜鹊在空中刹那间分成两半。小沙弥大惊失色，连忙跑进精舍屋内，一颗心兀自扑腾扑腾地跳得厉害。他不知道发生了什么，他只是怕得厉害。

就在小沙弥心惊肉跳的时候，一个背着书箱的白衣小书童出现在了大悲巷的深处。他看上去只有十一二岁，却娴静沉稳，走路时仿佛随时可以迎风飞去。小书童走到宅子门口，伸出白白净净的小手，『咚咚咚』地敲了三下门。

门里似乎有人窥视了一下，突地打开了半扇，一个佩剑的男子阴沉着脸，看着小书童喝道：『这里不是小孩子来的地方，速速离去！』

小书童却不慌不忙地从怀里掏出了一块手牌，递到男子眼前。佩剑人看清了手牌上的字印，瞳孔一缩，急忙后退，打开大门，伏下身去，低头说道：『不知是徐大将军的令使，多有得罪。』

小书童懒洋洋地笑道：『我一个小孩子，哪里是什么令使。我们家先生要我先来敲门，把你们打发走，他可不想看见你们。』

小书童瞪圆了眼睛，有点夸张地对着佩剑男子又重复了一遍：『他可真的是不愿意看见你们哦！』

佩剑人额头微汗，颤声问道：『敢问这位小哥，是刘先生来了么？』

小书童嘻嘻一笑，敲了下他的头，说道：『算你聪明！我们家先生嫌弃你们阴气太重，让你们全部退下，他在宅子里的时候，不想看见你们中任何一个，谁让他看见了，下场如何恐怕你们都是知道的。』

毗卢寺里的钟声又响起，大悲巷里忽然出现了一个白衣文士。他走得并不快，却没几步就到了宅子门前，小书童已经站在门里，对着白衣文士笑道：『先生请进吧，我已经为您清场了。』

白衣文士刚刚迈过门槛，一道剑意如飞流急瀑般从宅子的深处袭来。宅中如被大瀑布横贯，树叶似遭急雨凋零，瞬时间天云盖顶，风满长庭。小书童惊呼一声，正待躲藏，忽然脑袋上多出了一只手掌。

手掌温暖、镇定、摄人心魂。小书童在片刻间即安静下来，似乎被施了什么巫术。白衣文士微微一笑，大袖一挥，漫天涡旋般的大瀑布剑意即告消散，白衣文士如沐春风，站在如雨般落下的绿叶中，缓缓笑道：『看来华先生是思念客幽了。』

宅院中庭有一处花园，花园里有一张琴案。焦尾古琴横于案上，一双修长的大手轻抚琴弦，琴后一个看上去五十岁不到的中年男人锦衣华服，人随琴声唱道：『红笺小字，说尽平生意。鸿雁在云鱼在水，惆怅此情难寄。斜阳独倚西楼，遥山恰对帘钩。人面不知何处，绿波依旧东流。』

唱罢声歇，而琴声不绝。白衣文士从圆拱门走进花园，朗声赞道：『华先生这曲清平乐，委实是唱进词人的纹理中去了。』

华先生闻声忽推琴而起，抄过左手边青瓷茶壶，倒出一杯清香绿液，微啜一口，神目如电，望向白衣文士，口唇出声，字字铿锵：『刘、客、幽。』

刘客幽笑道：『华先生以绝世剑意迎我，客幽领情。数年未见，华先生当是想我想得厉害。』

华先生没有接他的话，却缓缓说道：『客幽数年未来，今日突来造访，想必是出了什么大事。』

刘客幽施了一礼，说道：『客幽今日前来，是想问问华先生，壶丘洞天当年在江西行省及湖广之间，都有哪些至交旧友？华先生与他敌对半生，谁也没有华先生了解壶丘子的底细了。』

华先生放下茶杯，却不作答，只是走到琴案前，重又抚起了古琴。刘客幽并不催他，径自走到琴案旁，早有书童搬来藤椅，刘客幽坐下听琴，入神间双目微闭，左手在椅把上轻轻打着拍子。

华先生忽长叹一声，向刘客幽问道：『华某在这院子里几年了？』

刘客幽回道：『整整十年零十四天。』

华先生问道：『我还要在这里再待多少年？』

刘客幽闭上双目，悠悠说道：『在这里多好，每天品茶抚琴，锦衣玉食。不需担心被仇家杀害，也不用为功名疲于奔命。和壶丘子相比，华先生过得已经算是神仙一样的日子了。』

华先生哈哈大笑，突然一拍琴案，怒声说道：『我被你们用奇毒控制住经脉，不得运功角力，被软禁在这宅子里十年了。你们难道还没有挖光我那些秘密么？』

刘客幽双目张开，缓缓说道：『曾经的天下第一剑客，大雷音剑原翰宗的师兄华西楼华先生，可是一个挖不完的宝藏。』

他顿了一顿，复又说道：『华先生也知道自己身体里的是“唯我毒尊”亲手布下的剧毒，天下无人可解。客幽劝华先生莫要动气，万一引发了毒意，就真的回天乏术了。』

华西楼大笑三声，花园里的鸟雀闻声惊起。他当年一剑纵横时，关墨还是个学剑的青年，如今关墨已名满天下，而他却在这里失意了十年。

华西楼长笑甫歇，人又转为古井无波，坐在琴案后思虑。

刘客幽静默半晌，开口问道：『华先生可能开始回答刘某的问题了？』

华西楼淡淡地说道：『可以了，你问吧。』

刘客幽问道：『以华先生对壶丘子的了解，他若要行刺我朝权贵高官，会召集何等样人？』

华西楼眼神一闪，沉吟片刻，说道：『壶丘洞天当年确实有一众武道至交，只是这么多年下来，也是死得死，散得散，所剩无几了。如无意外的话，讴永言与文殊师利必在其列。』

刘客幽闻言眉头一皱，说道：『讴永言我倒是听说过，只是那文殊师利却是何人？』

华西楼沉吟道：『文殊师利是净居寺硕果仅存的老僧，当今方丈的师叔。他半疯半癫，习先代灯录入魔，可一身大寂灭禅武却惊世骇俗，平生未逢敌手，只是在壶丘洞天手下输了一招。这老和尚自此之后居然认定壶丘洞天是维摩诘居士，不拜寺里佛像，却只拜壶丘洞天，他极有可能被壶丘招揽。』

刘客幽皱眉道：『一个讴永言已经十分棘手了，再来一个文殊师利，嘿，江湖里真的是卧虎藏龙。』

华西楼缓缓说道：『讴永言修盖世音武，一身武学造诣绝不在壶丘洞天之下。我当年全盛时都不敢直撄其锋，他会是壶丘洞天最有力的援手。』

刘客幽沉思片刻，复开口道：『还有么？』

华西楼却站在琴后重又抚起了琴弦，淡然说道：『其余不过尔尔，你也不用来问我了。』

刘客幽躬身施礼，谢道：『今日从华先生处获益良多，客幽感激不尽。客幽先行告退，改日再来与华先生聊天。』

华西楼不再理他，抚琴趋急。刘客幽命小书童从书箱中取出各色干果蜜饯和采芝斋的点心，并两卷《剑南诗稿》送入华西楼的房中，这才离去。

走出大悲巷，小书童问刘客幽：『先生，我们是直接回府么？』

刘客幽心中想着华西楼的话，突听见旁边毗卢寺里的暮鼓声，心中一动，说道：『虞夏，我们有多久没去寺里拜过佛了？』

那个叫虞夏的小书童听了一愣，想了想，回道：『先生，我们好像从来没有去寺里拜过佛啊！』

刘客幽恍然若悟，淡然说道：『无妨，今日你我便去这寺里会一会大日如来。』

官道，快马。

马上人却不是官差，而只是一个一身黑衣劲服的人。

快马跃过神道上设置的朱漆杈子，直往皇宫大内奔去。到了皇宫大门，左右欲上前拦阻，马上人大喝一声：『正一道律令，谁敢阻拦！』

宫内不得骑马，他从马身上跃下，褪去外衣，露出了里面的蓝布道袍，胸口赫然有一个『一』字。宫门口的禁卫不敢阻拦，只是挽住了马。道士跃入宫门，身法如风，片刻间便进入内宫，来到一座大殿门前，门口站着两个执拂尘的道士。他走进大门，进入内室，只见一个神情漠然的白袍道士，正坐在桌前参研着一盘棋局。

道士单膝跪地，从怀里掏出文书卷轴，捧在手中，呈在这名白袍道士的跟前。白袍道士恍若未见，还是自顾自地思索着棋局的精妙之处。他不说话，跪在地上的道士也不敢说话。内室里沉默了约有半柱香的工夫，白袍道人方一脸恍然大悟的样子，从棋局里收敛心神，伸手接过文书，打开看了，遂将卷轴合上，置于桌上，看着仍跪在地上的道士，轻声说道：『天师正在陪圣上读道经，一时半会儿怕是闲不下来。这消息发出有几日了？』

道士回道：『昨日发出，中途未耽搁。』

白袍道士点了点头，说道：『下去吧，先在侧殿里候着，说不定天师回来，还要吩咐几句让你传出去。』

道士领命退下。白袍道士坐在桌前琢磨了一会儿，忽然开口问站在屋内一角的小道童说：『赞教使今日可在宫里么？』

小道童回道：『回掌书使大人的话，赞教使大人今日午后去毗卢寺听讲经去了。』

张仲纪虽以正一道天师的身份入驻大内，成为护国大法师，但民间依然是重佛轻道，道观的香火早已远远比不上佛寺里的了。他未证道前，与各地的佛教势力都曾有过接触，有些甚至互有冲突。比如江西的净居寺、杭州的灵隐寺。但他与应天府的两处古刹却相交颇深，鸡鸣寺里的悲卫禅师与毗卢寺里的金光大师毫无教派门户之见，曾大开闸门，与张仲纪秉烛夜谈，交换佛道二家的心得体会，并共同推演经文、印证彼此的境界，实是佛道二家中融会贯通之圣举。故张仲纪证道之后，也未忘了悲卫与金光的礼遇，正一道与鸡鸣寺、毗卢寺互有往来，和睦共处。

张仲纪座下有赞教、掌书二使，名义上二使平坐，可正一道赞教之名实为辅佐，而掌书便只是掌管道藏经书的职务了。所以张仲纪实际上是有意栽培赞教使，使其行辅佐之任，将来可以接替他成为正一道的下一任天师。张仲纪曾嘱咐赞教使说，道家虽玄思精深，以无为为有为之师，义理奥妙，但天竺释家之说亦是思辩至极，超脱言字，不可不学，将来即便为完善我正一道的学说也可派上用场。赞教使心领神会，遂在张仲纪的引荐下结识了悲卫与金光，之后每隔数日便去鸡鸣寺或毗卢寺里听经，这已经成了正一道中人人皆知的事情。

掌书使略一沉吟，对小道童说道：『你速去毗卢寺里请赞教使回来，就说我有重要事情与他商议。』

小道童领命去了。掌书使打开卷轴，又细细地读了一遍其中的内容，喃喃自语道：『此事如果成真，恐怕这应天府里就真的要变天了。』

毗卢寺里有藏经阁、药王殿、天王殿、佛光阁、韦陀殿，以及用作日常讲经的般若堂。金光大师不常登坛讲经，而只是寺中的其它僧人筵席。所以每次金光大师开讲，赞教使必定到场，一来是为表虔敬，二来赞教使觉得金光大师讲经确实精妙绝伦，不可错过。今日午后申时，金光大师准时登坛开讲，讲的是《大方广圆觉修多罗了义经》。金光大师选了唐时佛陀多罗的译本，娓娓道来，自佛陀多罗到洛阳白马寺起，到后人考订佛陀多罗在白马寺的具体年月，其声如涓涓流水，其言如夏夜清风。一众毗卢寺里的僧人值守均坐在坛下，默默聆听，另有大悲巷中的虔诚信徒数十人在般若堂中席地而坐，如闻天籁。

适逢金光大师讲到第三节普眼菩萨段，世尊告普眼菩萨曰：『善男子，彼之众生幻身灭故，幻心亦灭；幻心灭故，幻尘亦灭；幻尘灭故，幻灭亦灭；幻灭灭故，非幻不灭。譬如磨镜，垢尽明显。善男子，当知身心皆为幻垢，垢像永灭，十方清净。』

其时坛下忽有人起身问道：『敢问大师，何谓非幻？』

众人望去，却见其人头梳道髻，身穿青色道袍，明明是一个道人。

金光大师合十答道：『幻非幻。』

青袍道人问道：『既然幻非幻，那么幻又从何为垢呢？既然幻已灭，那非幻又缘何不灭呢？』

金光大师微笑道：『幻非幻，灭非灭。』

青袍道人说道：『若连灭也是幻，那么世尊又何苦说这幻灭呢？』

金光大师说道：『说幻灭，非意幻灭；意幻灭，非实幻灭。说亦可灭，实亦可幻，非说非实，而是不执说，不执实，不执执，不执不执，不执亦不不执。』

青袍道人思索良久，复而说道：『大师义理太深，贫道有些着像了。』

金光大师微笑合十，再不说话。其时坛下众僧齐齐起身，口中唱道：『一切佛世界，犹如虚空华；三世悉平等，不动遍法界，无作止任灭，亦无能证者。』

青袍道人喟叹一声，捏了一个道诀，躬身行礼，叹道：『贫道若能每日在金光大师座下盘桓伺候，想必有朝一日也能证得这不证之证的佛果吧。』

金光大师说道：『赞教使天资聪慧，博学多识，故对于“弃执”颇难领悟，这也是意料中事。俗世间纷繁，越聪颖之人往往越是执着，越是能够区别事与物之间的差异，发掘时与势之上的重复。赞教使若要做到“破执”，老僧倒是建议可以对庄子之说多多参研。』

赞教使说道：『大师所言精奥，贫道必定遵循。庄子之说彷徨逍遥，一直以来倒真的是贫道体悟不到的境界。《庄子·大宗师》里有云：夫道，有情有信，无为无形；可传而不可受，可得而不可见；自本自根，未有天地，自古以固存；神鬼神帝，生天生地；在太极之先而不为高，在六极之下而不为深，先天地生而不为久，长于上古而不为老。……莫知其始，莫知其终……』

赞教使诵完此段，微微一顿，复又言道：『吾观庄子此段，似乎与大师所说的，在言词上以及在不执着于言词上的宏旨相近。』

金光大师尚未回应，忽听赞教使身后有人缓缓说道：『夫禅者，生于道，何以知之？盖因禅字也好，道字也罢，皆为我汉地语言之字，而世尊者，本为迦毗罗卫国人，当言迦毗罗卫国语。后世身毒比丘，皆言梵文或吐火罗文，或巴利文，语言文字有别，则语言文字所指之实相即有别。何以知之？汝观天竺佛教三藏经、律、论之论藏，天竺佛教部派众多，操持同一文字或相近文字都有浩如烟海的不同论释，更何况是异域之语言文字？故佛、禅、菩提、正法眼等皆为汉地汉字，汉地一切同出于道，故禅者，生于道也。』

此人说话声音不大，但这段话里的每一个字都清清楚楚地传到般若堂中所有人的耳朵里。赞教使闻言似有所悟，回头去寻发声者，却看见一个白衣文士与一个小书童站在般若堂的门边，似乎与在场的一切都没有什么干系。

赞教使恍然道：『是刘先生么？怪不得贫道觉得声音这么熟悉。』

金光大师在坛上站起，朗声说道：『阿弥陀佛！刘居士能说出这么一番见地，实属清明通透至极了。所以我教行教外别传、不立文字之法门，便是因为这文字既可通达三千大世界，亦可覆灭三千大世界。禅生于道，道生于尘，尘生于马，马生于豹，豹生于人，人又生于禅。天理循环，文本轮转，孰是缘起，孰是终尽，孰能分辨？』

刘客幽对着金光大师施了一礼，言道：『敢问大师，毗卢遮那佛何在？』

金光大师笑曰：『在后面吃饭。』

刘客幽问道：『以何为食？』

金光大师对曰：『以众僧为粥，以伽蓝为盆。』

刘客幽说道：『亦可言以天下信徒为馍，以江山社稷为碗。』

金光大师微微一笑，说道：『刘居士今日前来，似乎有话要说。』

刘客幽缓缓说道：『我也是走到贵寺门口之后才想起来的，近来记性不好，总是忘事，岁月不饶人。』他似是小小地感慨了下，继续说道，『这十年间，刘某人也曾多次来过宝刹见过金光大师，如果刘某记得不错的话，每次在方丈室相见，金光大师总会在桌上香炉里燃一支天竺运来的薰香，是不是？』

金光大师微笑应道：『正是，亏得刘居士如此好记性，还能记得如许细节。老僧性嗜天竺薰香，六根自是不清净了。』

刘客幽踏前数步，双目如电，直视金光，继续问道：『如果我记得不错的话，这天竺薰香极为难得，整个应天府好像只有金光大师存有，是也不是？』

金光大师笑容不减，缓缓应道：『不错，这天竺薰香从天竺运来，极为不易，且价格不菲，想来是只有老僧有这嗜好了。』

刘客幽再踏前一步，沉声说道：『那么就奇怪了。刘某刚从旁边朋友的府宅里出来，却在他那里闻到了这天竺薰香的味道。大师可知是何缘故么？』

金光大师闭上双目，淡然回道：『也不足为奇。也许你那朋友也有此嗜好，碰巧也能托人从天竺将此香捎回来。』

刘客幽点头道：『不错。如果我那朋友也与正常人一样，想必我也不会想到大师的身上。只是我那朋友幽居于此多年，与府宅之外的人早已失去了联络，他断断是不可能托人从天竺带香回来的。我现在只是在奇怪，他那宅子里连一只鸟都飞不进去，而大师又是如何能进得去的呢？』

毗卢寺里的众僧人听见话头不对，纷纷起身呵斥刘客幽。金光大师趁机用手抹了抹嘴，刘客幽神情一动，也没见他迈步，须臾间人已到了坛上，伸手触到了金光。

『不可！』赞教使见刘客幽如此，以为他要对金光大师动手，立即出手阻拦。堂中众人只见坛上人影一闪，赞教使飞身退下，

而一身白衣的刘客幽却还是站在金光大师身侧未动。

而金光大师却已口角流出黑血，性命只在呼吸之间了。

刘客幽扶住他身子，缓缓问道：『大师又何苦如此？』

金光大师喘息道：『受人之托．．．忠人之事．．．无可挽回．．．老僧半生讲经．．．却连自己都还只是个撅屎棍啊．．．』

他吐出最后一口黑血，就断了气。

青影一晃，赞教使复又攻上。他在正一道中武功仅次于张仲纪，一出手如紫府灭世神雷，即便是刘客幽也不能不认真应对。

刘客幽无心恋战，大袖一挥，笔墨纸砚文道四器齐齐祭出，在空中交错。他身形一动，只见墨剑、纸刀、湖笔三管齐下，将神雷之势劈成碎瓦。赞教使以神雷之势强攻刘客幽，却反被刘客幽以攻对攻，破了他的神雷道力。

青白二道身影交错，般若堂里如地动山摇。众僧与信徒皆大惊失色，纷纷念起了经文以保平安。蓦地青影一滞，白色的身影如舒缓宣纸，其上有墨韵展开，一枝妙笔盘旋，如有仙乐纶音。青色身影暴起如雷电，却屡屡受制，冲不出这文道四器画下的桎梏。数个弹指后，般若堂里终于平息下来，众人喘了口气，才看见赞教使垂手站在西侧，刘客幽气定神闲，悠悠对他说道：『适才有三次机会我未出手，否则赞教使理应不能站在这里了。』

赞教使吐出一口浊气，并没有说话。

刘客幽又道：『我无意与你一争高下，只是想赶紧查明此事。金光畏罪自尽，这其中一定还有些我所不知道的重要内情。』

赞教使调息后恢复平静，沉声说道：『我不管金光大师是如何得罪你还是你身后的徐大将军的，这些都与我无关。金光大师是天师的至交好友，今日金光大师在你的威逼下服毒自尽，天师一定会过问此事。到时候，你就去向天师解释吧。』

刘客幽淡然说道：『你少用张仲纪来压我，他还没有这个分量。』

赞教使怒道：『刘客幽你莫要欺人太甚！天师是圣上身边的国师，岂能容你此等粗鄙武夫置喙！』

刘客幽微微一笑，说道：『德不配位，自取其辱。天下人谈天下事，难道你们还能堵住天下人之口么？』

赞教使怒极，却又不敢妄动。刚才二人交手数招，赞教使只感觉此人的武功实是深不可测，绝不在天师之下，自己不是他的对手。

正值此踌躇尴尬之际，忽有一小道童从门外进来，跑到赞教使身边，在赞教使耳边低声耳语了几句。赞教使哼了一声，袍袖一拂，便跟着小道童离去了。

刘客幽转过身来对着寺中的众僧，朗声说道：『尔等先莫悲伤，谁来先回答我几个问题，你们若是不答，这毗卢寺以后也许就保不住了。』

众僧中走出来一个老和尚，正是金光大师的师弟仰光。仰光双手合十，口中说道：『阿弥陀佛！刘居士请问。』

刘客幽问道：『金光近来可与何人接触过？他最近有何异常举动？』

仰光回道：『师兄近来与平时没什么不同，只是上个月被归德侯接去府里说了几次经。回来之后师兄若有所思，夜里睡得晚些，常独自在寺院里的围墙下盘桓。』

刘客幽神情一变，自言自语道：『归德侯？原来是归德侯。』

仰光说道：『金光大师原本在庐山东林寺修行的时候，据说曾为归德侯顶上开光。』

刘客幽恍然大悟，问道：『那是多少年前的事？』

仰光应道：『大约十四年前。十年前师兄离开东林寺来到我刹，拜入先师门下，改法号为金光，居师门首座。师父圆寂后，金光师兄接过方丈一职，直到如今。』

刘客幽心中再无疑惑，他吩咐小书童虞夏道：『你去找陆裁衣，让他带一百名应天府守备军过来。』

赞教使回到宫内，掌书使遂将卷轴交给他。他打开一看，有些惊讶道：『此事可是当真？』

掌书使说道：『是太清阁里一品道武斥候发回来的，理应不假。』

赞教使收起卷轴，沉吟片刻，说道：『此事事关重大，一定要先禀报了天师再作定夺。天师人在何处？』

掌书使答道：『正在陪圣上读道经。』

赞教使说道：『事不宜迟，我立刻去找天师，劳烦掌书使盯着毗卢寺，刚才金光大师在寺中被刘客幽逼着服毒自尽了。』

掌书使一惊，问道：『什么？刘客幽？』

赞教使恨恨道：『这事也要禀报天师，让天师出面替天道裁决刘客幽。』

大内有皇册阁，是皇宫里存放各类古籍与文书的禁地。皇册阁后有御花园，御花园的水池里开满了盛放的莲花，在暮色下，莲花如同一朵朵陆地浮云。回廊中有一位琴师，正在弹奏着一曲水龙吟。值日的太监端着冰镇的银耳莲子羹走到皇册阁的门外，只见一个白发道人从门里走出。太监请安道：『见过张真人。圣上可还在里面？』

张真人说道：『正是。圣上有些倦了，公公速速进去伺候吧。』

他踱到九曲回廊中，看着满池的莲花，听琴师抚琴。一曲方歇，他回过头去，正看见赞教使朝着池子走来。张真人看了一眼琴师，琴师意会，端起古琴，飞身而去。赞教使走到张真人身边，看着远去的琴师，肃容道：『圣上身边果然才是真正的不可测之地。』

他对张真人说道：『天师．．．』立即被张真人打断。

『圣上不喜人称我天师，天岂有师乎？谨言。此来何事？』

『是。』赞教使说道，『太清阁一品道武斥候的密信传回来了。』他对着张真人耳语了几句，张真人神色一动，却一字未说。

赞教使说道：『另外还有一事。今日刘客幽去毗卢寺，逼死了金光大师。』

张真人说道：『你细细说来。』于是赞教使便把毗卢寺里的情况详细地说与他听。

张真人听完后眼中精芒一闪，说道：『知道了，你退下吧。』

赞教使说道：『那刘客幽嚣张跋扈，金光大师即因他而死，还请真人替天道惩治刘客幽。』

张真人看了他一眼，悠悠说道：『金光大师未必便是因刘客幽而死，你这么说，只是因为你并不知道他与斥候密信上那情报之间的关系。再者，』他抬眼看着点点黄昏从树枝间撒落下来，似乎喟叹了一声，『这世上又有谁能惩治得了刘客幽呢？』

第五章

文立木醒过来的时候，正闻到药铺外面浓浓的药香。岳臣每天起得很早，为他煎药。他休养了两日，觉得体内运气已经舒畅得多了，几乎已和未受伤时一样。这两日冯青雯每天从街上带来酸辣米粉、烟熏的鸡架，和桂花豆沙糯米糕。医馆里地方不大，也不算小，他白天陪着岳臣读一读草药经，帮他记一记方子，午饭以后就陪着冯青雯打理她从偏僻处摘来的花草。冯青雯处理花枝的方式很奇特，她除了要用剪刀剪去多余的须杆外，还要用手去摩挲花枝，直到她觉得足够了，才将花枝插入水中。文立木问她为何如此，冯青雯总是笑着说，你没听见吗，那被抚摸出来的花枝的乐声。

匆匆两日，却让文立木感受到了久未感受到的家的感觉。垂垂老去的岳臣经常丢三落四，需要他跟在后面收拾；要强争胜的冯青雯喜欢指挥别人干这干那，文立木也每每总是迁就。他这两日会在黄昏时坐在医馆外的小院子里，看着屋子里的岳臣坐在椅子里打瞌睡，一旁的冯青雯将捡来的花枝搭配成娇美的花束，小心翼翼地插入白瓷的花瓶里。

文立木在那一瞬间希望这黄昏的落日永远不要落下去，就这么悬在半空中，一直这么照在这个小院子里，照在岳臣那布满皱纹的脸上，和冯青雯那一双可以听见花枝乐声的素手上。

然而好景总是不长久。

今天的夜晚来得特别快，特别突兀。吃完饭，文立木坐在院子里，冯青雯照例坐在他身旁。他想对她说，明天别去豫章茶楼与许名汇合了，他们可以走，连夜就走。离开江州，离开江西行省，离开南国，去北方，去西域，甚至去西域外面的疆域，只要不被人找到就行。可他没有开口。他想到陈皇在大殿上为他斟酒，他想到壶丘先生语重心长地提点他，他想到许名，许名的师姐、师叔，还有一些他不知道的其他人。他与他们皆没有关系，可他不愿做一个背弃了众人期待的人，一个逃走的懦夫，否则他会后悔一生。冯青雯呢？他不知道她心里是怎么想的，她有着花一般的容貌，年轻的身体，超凡的武艺，她若不参加此役，还可以有瑰丽的人生。可她看上去毫无犹豫。她也许能够听见他听不见的音声，关于花朵的音声，夜晚的音声，将来的音声，她自己和她身边人的乐音。他只觉得这样一个曼妙的女子，不应该急于赴死。

『青雯。』他轻声喊她的名字。这也是他第一次喊她青雯。

冯青雯一怔，回他：『嗯？』

『你可想过，回到江湾的宅子里，回到讴前辈身边，就当什么事情也没有发生过一样？』

冯青雯美目流转，吐了吐舌头，说道：『不要。回去闷死。』

文立木说道：『可壶丘先生的这次行动，绝不是闹着玩的。如果介入了，谁都没有活下来的把握。我想就连壶丘先生自己，可能都没有这个把握。』

『我知道，可我不后悔。』冯青雯在月色下转过了脸，很认真地对文立木说道，『不过未求生，先求死，这不是加入一个行动的态度。我想壶丘先生也不是为了求死而去的吧。我也并不是想做什么轰轰烈烈的事好千古留名，那是你们男子汉大丈夫的想法，我只是一介女流。我只是觉得他们杀死了我的父母，还那么得意地四处招摇，我看不过去。为了成就他们的霸业，死去的不仅仅是我的父母，还有别人的父母，那些被杀害父母的人，他们就都不重要了吗？』

『可那是别人的事，不是你的事。他们的父母被杀害了，要做些什么的是他们，而不该是你。』

『不错，确实不是我的事，但总要有人去做些什么。谁都没有作为，那么这些事情就会永远被掩埋，被抹去。而我，会是那个用自己的方式去昭示过往的人。』

冯青雯语速很快很严肃，文立木知道拗不过她，就不再说了。院墙外有一只猫跳进来，晚风吹过，文立木嘴唇微动，似乎说了些什么，但话语被风吹走，冯青雯没有听清楚。她问文立木说了些什么，文立木笑了笑，说没说什么。

第二日早上天还没亮的时候，一张纸卷已经被人投到了医馆里的桌子上，岳臣一早起来看见了，便叫醒了还在睡觉的文立木。

文立木看见纸条上写着今天在豫章茶楼见面的时辰和包厢名，心想果然如许名所说，到了江州他总是能找到我们。

冯青雯从客栈过来，说也收到了许名的纸条。二人在午饭后辞别了岳臣，行到豫章茶楼里。包厢名为『通幽』，他们一进包厢就看到许名正坐在里面就着一壶茶吃花生芝麻糖。芝麻糖很酥脆，很香，许名吃得不亦乐乎，都没来及和他们打招呼。

等他吃完了，冯青雯才对他说：『你瘦了，是得多吃点。』

许名立刻表示赞同，愁眉苦脸地对冯青雯说：『可不是嘛，近来忙着行动的事，饭都没怎么好好吃。』他拍着自己的肚子表示怜惜自己。

文立木问他：『你是怎么找到我们的？』

许名笑道：『毕竟我们在江州根深蒂固，整个江州城有不少我们的眼线。你们一进城我就知道了，只是这几天在忙着和一个老朋友做交易谈条件，没顾得上你们。』

冯青雯问道：『不是说要彻底斩断别人的监视么？你安排好了么？』

许名说道：『这几天就是在搞这个事，那个老朋友答应帮忙了，我想也许很快就能肃清我们身边的斥候了。』

文立木问道：『需要我们做什么？』

许名笑道：『什么也不用做，舒舒服服地在这里喝茶就行。不出一壶茶的工夫，可能就会有结果了。』

话音刚落，只听见楼下传来短暂的呼喝声和交手声。持续的时间不长，一会儿功夫就平息了。片刻后茶楼的楼梯上传来了脚步声，只见一个打扮得普普通通的中年汉子推开包厢的门，对着许名一抱拳，说道：『许公子，茶楼周围二十丈范围内已肃清，共有四个人盯梢，另四个人作承接转换之用。现八人已全部拿下，许公子是否要前去问话？』

许名笑道：『不用了，交给你们胡帮主吧，他说不定还能从这几个人身上榨点油水出来。』

中年汉子说道：『帮主也过来了，一会儿就到包厢里陪各位喝茶。』

许名刚想客气两句，蓦地从楼下大堂里传来拳脚交击声。劲风激荡，一听便是高手过招。中年汉子面色一变，正待下楼察看，许名、文立木、冯青雯三人已不在包厢里了。

楼下大堂正中，一个身材高大的花白发男子正在与一个瘦削的劲装人交手。那劲装人身形飘忽不定，时隐时现，直如鬼魅一般。高大男子拳脚有开山裂石之力，体如不坏金刚，一招一式间威猛无俦，劲装人虽身法精妙，却被他周身鼓荡的劲力钳制，攻不进亦退不出。

文立木对许名说道：『此人一身密教金刚力不俗啊。』

许名笑道：『胡帮主老而弥坚，论外功拳脚在江州不作第二人想。』

那劲装人被胡帮主缠住不得脱身，已觉危机四伏。他身法一变，忽如螺旋，带起周身罡气，向外激突。胡帮主挥拳阻拦，拳风却被旋转的罡气撞开。劲装人冲出力与气的重围，身形一隐，便欲破空飞去。

只是他身上多出来三只手。一只手五指弹拨，若挥五弦；一只手劲力吞吐，亦虚亦实；一只手如刀斧，分金断石。劲装人被这三只手按住，是连动都没法动了。

胡帮主走过来对许名说道：『此人不是寻常斥候，他隐匿在茶楼里，我们一开始没有发现他。我进来之后察觉有异，试探着出手，这才牵出了他。你把他交给我，他若是什么重要角色，我可就能捞一大笔了。』

许名笑道：『自当是交给你的。』他点了劲装人身上几处穴道，胡帮主吩咐中年男子把他押到帮中地牢里去。

四人复又进到二楼包厢里坐下喝茶闲聊。原来江州有九鸽帮，帮主胡九歌，专做情报与密探的买卖。许名与他忘年相交，便想到让他们布下天罗地网，而他们三人作为诱饵，在这豫章茶楼里引诱斥候前来，再由九鸽帮收网擒拿。

胡九歌体壮声洪，喝了几杯茶后告辞，说要回去处理审问那些斥候。晚上在天雨楼摆一桌酒，请许名三人来共饮。许名婉拒，胡九歌也不强求，请许名代他向壶丘先生问好，便离去了。

许名喝完了茶，吃干净桌上所有的佐茶小点，满意地抚了抚肚子，对文立木和冯青雯说道：『好了二位，现在我们可以放心地去，壶中天、与我师姐她们汇合了。』

壶丘洞天在依附于陈友谅之前，一直都是在『壶中天』里居住。他生性淡薄，喜静不喜动，也不愿与人打交道，故『壶中天』所处之地隐秘至极，即便是江西武林中人，也都不知道『壶中天』究竟在何处。故与江湖上人称的另外三大武道隐地——『声慢』、『韵无穷』、『一笛风』相比，『壶中天』倒真的是一个隐藏在人们视野之外的存在。

无论是沈煜还是许名，自小便在『壶中天』里长大，但被壶丘洞天耳提面命，所以他们都对『壶中天』的位置守口如瓶。这次壶丘洞天启动『覆巢行动』，也是首次允许他们带着外人进入。

是故当许名带着文立木、冯青雯二人来到江州最热闹的一条大街——东门大街上的时候，冯青雯忍不住问道：『难道传说中的'壶中天'就在这条街上？』

许名点点头，说道：『嗯，大隐隐于市嘛，师父这种堂而皇之地隐匿形迹的手段还是很有效的。』

他大大方方地走进街边一家烧饼铺，烧饼铺里的老头子正在铺子后面和面，对他们三个视而不见。许名推开铺子的后门，狭窄的后院里是一地的荒草。冯青雯还以为会像上次到『空谷琴铺』的时候那样，有一个向上的楼梯，然而后院里什么也没有。

许名在院子里站了一会儿，然后走到荒草地里，伸手进草地里不知拉了什么，一块四尺见方的草地竟被他就这样提了起来。入口正好可以容许一个人通过，入口的下面有往下的台阶。文立木与冯青雯顺着台阶而下，许名在后面重又盖上草地。通道里的墙壁上有点亮的油灯，三人一直下行了约四五十级台阶，又走过了一条长长的巷道，眼前豁然开朗，居然是一处光亮通透的空间，只是这里深处地下，顶上有大块的空隙与上方相通，日光照射下来，投在下面的一块巨大的磨光的玉石表面，熠熠生辉。

就在这空地的中央，趴伏着一座静谧的宅院。远远看去宅院不是方正的，而是呈葫芦形。宅院的大门也不是四方的，而是圆形的拱门，看上去整座院子就形同一只水壶。

许名说道：『东门大街上的铺子也是师父安置的，里面的老伙计是跟了师父几十年的人。这里只是在江州城外的郊区，离城墙不远，可因天然地势原因，一直都无人发见。师父也是在数十年前无意中进入此处，觉得极好，便找匠人打造了这座宅子。那块玉石正好可以反光，使得上面的人看不清下面的虚实。』

他们三人走进宅院，一路上都没有看见下人。走到壶的中心，是一片水塘，回廊依水塘而建，可以坐在回廊的凳子上看水塘里的鲤鱼。许名带着他们绕过回廊，径直走到最底部的那一间大屋子，只见屋子里坐着三个人，两男一女，一个灰袍男子，一个素衣女子，一个身披袈裟的老和尚。

素衣女子看见许名和冯青雯，哼了一声，没有说话。灰袍男子点了点头，说道：『小名子回来了。呵，青雯也来了，这么多年没见，已经成大姑娘了。』

许名躬身行礼：『见过师叔、师姐。』

冯青雯也没理沈煜，只是对聂道根说道：『聂叔叔这么多年倒是没变，和以前一模一样的。』

聂道根笑道：『老了，头发都快全白了！』

披着袈裟的老和尚突然插口道：『荒唐！没有人敢在我面前说自己老！』

沈煜歪歪地看着他，呵斥道：『别吵了，你个出家人怎么这么爱挑人刺？』

老和尚不和她吵，只是坐在椅子上生闷气。聂道根哈哈笑道：『看来文殊师利是遇到克星了。』

文殊师利眼睛一瞪就要吹胡子，却又看见沈煜在斜着眼睛瞥他，只得乖乖地把气咽下去，索性闭上眼睛谁也不看，清净。

聂道根对文立木说道：『这位想必就是师兄与我提到过的文小友了。』

文立木抱拳道：『正是在下。』

聂道根说道：『作为这次发起行动的副手，聂某还担有一试各位身手的任务。文小友素未谋面，青雯嘛，也是多年未见，聂某并不知道二位武功的深浅。出手一试，二位小友莫怪。』

文殊师利突然睁开眼睛怪叫道：『荒唐！老的也打小的也打，男的也打女的也打，真正荒唐！』

聂道根也不生气，缓缓对他说道：『大师如果不服气，可以和两位小友一起出手。』

文殊师利气呼呼地说：『悲哀！把我想得和你一样为老不尊吗？荒唐！我文殊师利老菩萨还能和两个小朋友打你一个不大不小中朋友吗？』

冯青雯『噗嗤』一声笑出来，对聂道根说道：『聂叔叔，我看你也是遇到克星了。』

沈煜『哼』了一声，冷冷地嘀咕道：『还笑得出来么，一会儿别被打哭了才好，你个哭包。』

冯青雯怒道：『你说谁哭包？』

沈煜也大声回应道：『谁爱哭我就说谁哭包！』

眼见这四人吵作一团，许名对文立木苦笑道：『我就知道回来安生不了，都是些无法无天的主。』

文立木淡然说道：『多说无益，武者总是要以武道论短长。』

蓦然间屋里刀斧影一闪，文立木竟双手施为，一刀一斧划过两道优美的弧线，斩断了冯青雯与沈煜之间的对峙，亦截住了聂道根与文殊师利之间的剑拔弩张。四人微微一惊，注意力都转到了文立木身上。只见文立木左刀右斧，双手一立，昂然说道：『哪位愿意赐教？』

『我来。』此声音冷如冰凿。文立木打了一个冷战，一只手挥了过来，屋里仿佛正在下一场大雪。文立木只觉寒风扑面，急忙中一刀挥出，却被那只手抓住刀刃。刀在须臾间冷如冰岩，文立木从未见过如此奇诡的功法，心中一凛，右手的斧又递了出去，直斩手腕。

手松开刀刃，文立木全身一热，只觉一股炎热难耐的火势又朝自己面门袭来。他见沈煜左手炎热右手冰冷，整个人如同掌火操冰的仙神一般，不敢再有任何藏私。冰与火的缝隙中忽然有银芒双闪，两道泛着金属器光的弧线切割开冰与火的连接之势，如同在湖底分开一条通途。

文立木全力施展，周身劲气鼓荡。忽闻『嗡』的一声，一柄长剑从他身边刺出，声如蜂鸣，也向着沈煜击去。原来冯青雯看不过沈煜对文立木出手，也抽出腰间软剑加入了战团。

聂道根喝道：『不可！』遂伸手去拦截冯青雯的剑招。他倒不是担心冯青雯与文立木二人联手战沈煜不妥，而是在担心沈煜被激怒了的后果。

文殊师利见到聂道根出手，立即骂道：『好不要脸！女施主的贴身之物你也眼馋！待我来灭了你！』他出手如电，后发先至，一拳就擂在了聂道根的手上。二人吐气扬声，劲力四溢，文立木与冯青雯都跳开躲避。却见二人中间，沈煜半步不退，反款款向前，双目怒睁，左眼青白，右眼赤红，身后左半边冰花空生，右半边焰火熏天，似仙似魔，杀气如潮。

蓦然间屋子里红光一现，一柄夺天地造化、悟玄冥道图的小红锤无端飞至，一锤就砸在沈煜身后的冰火魔相上。火光散射、冰花飞溅，沈煜停了下来，怒目后视，小红锤在聂道根手中盘旋。正在此时，文殊师利手捏阿罗汉果，口中吟阿耨多罗三藐三菩提，出法身、应身、报身之如来三身佛指，分别点在了沈煜后背三处大穴上，沈煜这才昏昏软倒。许名急忙上前扶起她身子，把她抱进里间休息。

聂道根收起小红锤，长吁了一口气，对文立木和冯青雯说道：『我这师侄惹不得，今日幸亏有我和文殊师利大师在，否则后果不堪设想。』

文殊师利双手合十道：『阿弥陀佛！老僧久未见过如此魔气，这位女施主通体经脉冷热分属，万中无一。修行不当，则极易堕入魔道。』

冯青雯傲然道：『我可不怕她。』

聂道根说道：『二位的武功聂某见识过了，确实不俗，不用再另行试身手了。不过聂某忠告二位，切莫再激怒她。她修习冰火玄功性情不稳，虽然武功高绝，可出手不知轻重。我身为师叔，却也降不住她，唯有师兄才能管教她一二。师兄不在的这段时日，二位还是别招惹她为好。』

文立木收起刀斧，与冯青雯站在一边，淡然说道：『只要她不招惹我们，我们自然不会去招惹她。』

聂道根点了点头，转而对文殊师利说道：『多谢大师出手相助，大师这三指可谓拳拳禅心，聂某人自叹弗如。』

文殊师利听见他奉承自己，似乎并不高兴，只是恍若想起了什么，面现忧色，轻声说道：『上一次见到这种魔气，还是十年前在鸡鸣古刹游方，偶到对面的鸡笼山顶，凑巧目睹了魔刀岂子道与左丘飞鸿之一战。世上习武道之人万千，修魔之人亦不少，只是武道易走，魔踪难觅。修魔者十之八九皆狂乱而死，近数十年来，也唯有岂子道弃道修魔而至大成。魔现封神，委实惊世骇俗，我十年前大寂灭禅佛果未稳，亲见岂子道魔光普照，一柄长刀，修魔、下莫非魔土，连我都看得胆战心惊。壶丘此女徒今日之相，与岂子道当年亦不远矣。』

聂道根皱眉道：『岂子道被你说得如此强盛，岂非已无人可以治得了他了么？』

文殊师利恍惚片刻，悠悠说道：『可那一战，他却败了。』

聂道根眉头皱得更紧：『他竟然败了？』

文殊师利回答道：『不错，岂子道虽百年难遇，可他的对手却是那个举世无双的左丘飞鸿。左丘飞鸿道心通达，纳万物为一，即便是灭世魔气在他面前亦要由繁化简、由多化一，非孔丘的「一以贯之」，也非我佛的「一切皆空」，而是道家与玄学所说的「道生一、一演无极」。那一战后岂子道被迫远走塞外，成就了左丘飞鸿在应天府的盖世霸业。不过这都是俗世凡务，老和尚我并不感兴趣，只是你那女师侄若再调和不好冰与火的脉息，乃至被二者反噬，修魔的路上也许会再多一个狂暴而死的人。』

聂道根说道：『师兄之前也有过类似的担忧，这次回来也许他能想出什么办法。』

许名从里间出来，说沈煜已经沉沉睡去，似是消耗过巨，体力难支。他哭丧着脸说道：『师叔，你们吵吵也就算了，这么多人动起手来，别师父还没回来这「壶中天」就已经被毁了。』

冯青雯笑道：『小名子一定没想到会是这么个局面，行动还没实施呢，自己人都已经打得不可开交了，哈哈哈！』

许名挠着脑袋，愁眉苦脸地说道：『师父回来了一定会责骂我。师叔和他同辈，他不好怎么样；师姐走火入魔，也没什么责骂的余地。文殊师利大师是贵客，理应礼待。唉，我最惨，什么毛病没有，年纪又小，还不是外人，师父准会逮着我撒气。唉，头疼，头疼。』

聂道根忍俊不禁，笑道：『你这小子，最是会心里瞎编排。师兄又何时责罚过你们了？他已经修到道心澄明之境，早就不会为这些事情而大动肝火了。』

许名问道：『师叔，师父他老人家何时归来？』

聂道根说道：『师兄说他还要再会几个老朋友，时日不定，不过也就是这几天了。』他望着那块巨大的玉璧，缓缓说道，『我们也该开始详细策划这次行动的细节了。』

冯青雯与文立木被分到了挨在一起的两个房间。许名、沈煜、聂道根三人则住在在天井对面连着的三间房。文殊师利是贵客，于是被安排在了宅院深处紧靠壶丘洞天房间边上的大屋。宅子里只有两个下人，一个做些简单的饭食，一个做些清洁打扫的事情，都是岁数不小的老人，连着上面烧饼铺的那个老头子，这三个人都跟着壶丘洞天数十年，深得信任。

聂道根与文殊师利仿佛是世仇一样，一直闹个没完。文殊师利忽而疯癫，忽而深沉如得道高僧，忽而又顽皮如小儿，变化多端，无从揣测。文立木心中觉得，他倒是比那个入魔的沈煜还要更『入魔』一些。聂道根武功虽高，却不善言辞，口拙时难免愤燥，容易被文殊师利从言语上难住，无从辩驳，只得武力相争。好在二人都武道精深，出手时拿捏得当，点到即止，不会弄坏了『壶中天』里的物件。吃饭时，聂道根嘴里发出声音，文殊师利说他口中有地狱磨骨刑具，令旁人恻然。聂道根说不过他，也不搭理，只是特意在吃东西时不发出声音。文殊师利又说他如路边老驴，被人牵则走，被人拽住则停，嚼草无声，屎尿无言。聂道根一拍桌子就对他痛下杀手，奈何都被文殊师利轻松化解。许名捧着饭碗躲在饭厅的角落里看热闹，冯青雯提醒他们说莫吵醒了那个女魔头，否则你俩就都没好日子过，他二人才怒目对视，罢手不斗。

饭后文立木与冯青雯走到巨大的玉璧下面，发现玉璧连月亮的光都能采集。近日无雨，月如圆盘，玉璧吸饱了月光，在地下恍如一枚地底之月。冯青雯喃喃道：『这地方叫〝壶中天〞，果然是有些道理的。』

文立木问道：『日间你和那沈煜好似对头一般，是何故呢？』

冯青雯坐在玉璧前面，捋了捋头发，说道：『壶丘先生多年前有一段时间无暇照顾他的弟子，曾把沈煜、卢御寇和小名子他们三个人寄托在〝一笛风〞照管。那时候我们还小，就沈煜年纪最大。一群小孩子在一起，总要争个头领。卢御寇岁数不大，却郁郁寡欢，不大合群；小名子嘛，鬼机灵，察言观色，懂得隐忍。而我和沈煜谁也不服谁，都是争强好胜的性情，且都眼高于顶，那时候好像谁能做个头领就能证明谁的师父强些。她说她师父比讴前辈厉害，我就说讴前辈比他师父强盛，两个人没少揪着头发打架。结果自是谁也没争过谁，只是关系一直不好。后来我出去找谢吹琴比试，趁机又去了一趟江州找小名子玩。那时卢御寇已经身死，我找到江州的陈汉皇宫，见到了壶丘先生，是他叫来小名子和沈煜与我相见。壶丘先生一走，沈煜即提出与我切磋，她刚听说谢吹琴败于我手，心里应该是不服气。我和她比了一场，没分出胜负，她那时还未入魔。后来我就回『一笛风』了。这么多年没见，可她和我心中的郁结一直未消，故此才一见面就吵架的吧。』

文立木失笑道：『眼高于顶……冯姑娘是连自己都一起骂了。』

冯青雯笑道：『骂骂自己总比别人骂自己来得好些。』

文立木与她一起笑了一会儿，柔声说道：『听你这么说，这沈煜性格刚烈、自视甚高，因性情所致而入魔，那你的性情和她相近，将来会不会也入魔呢？』

冯青雯正色道：『你这么一说倒是提醒我了，不过音武道一途倒真的没听说过什么入魔的武者，一个都没有。』

文立木心中一动，说道：『会不会是因为音武道本身修习之法特异而难以被心神所困呢？』

冯青雯点了点头，说道：『极有可能。音武旨在悟，而不在修，这与寻常武道确实迥异。音武四重境——余音绕梁、声动梁尘、大音希声、真音无相，每一重都不是苦修得来，而关窍在于妙悟。若不悟，任你怎么修习，都不会有进益。』说到这里，她突然想起了那个琴铺主人对她提的要求，苦恼地说道，『我真不知道讴前辈是从哪变出这两个人来的。一个老渔夫御水行舟如履平地，一个斗笠琴主虚音空弦瞬斩案几，我觉得就算是讴前辈都未必能做到他们做到的事。看来这琴我是领不出来了。』

文立木安慰了她一会儿，对她说道：『我见那文殊师利和尚与聂先生不睦，又是为何？』

冯青雯回道：『这我就不知道了，以前没见过那个老和尚。』

文立木说道：『他点倒沈煜的那三指，确实是可以惊鬼神了。我在旁边看得都心驰神遥，你聂叔叔那柄小红锤虽也震撼，与他相比似乎还是差了一些。真要动起手来，老和尚赢面较大。』

『唉！头疼，头疼。』竟是许名从宅子里走过来，一脸苦相。

冯青雯看见他好笑，问道：『小名子又怎么了？』

『一想到明早师姐醒来以后，回忆起今天她被师叔以小红锤攻击，一定会找师叔算账，我夹在中间好难做啊．．．明天估计也安生不了。唉！』

许名仰天长叹，似乎对以后的日子已失去了希望。

『这倒不难。』冯青雯眼珠子一转，说道，『你师姐被聂叔叔锤击不假，但是点倒她的却不是你师叔，而是那老和尚。你只要把矛头转嫁到文殊师利身上不就行了？你师姐火气再盛，一次也只能找一个人麻烦。老和尚首当其冲，应接她大部分火气。等她发完了火，再去找你师叔的时候，就已经是余势了，不要紧的。』

许名眼睛一亮，一拍脑门，感叹道：『对啊！可不正是如此么！冯姐姐你真是救苦救难的观世音菩萨！好好好！明天就这么办！让师姐找那老和尚麻烦去，省得那老和尚再和师叔斗。哈哈哈，太好了，想通了这一件大事，顿时觉得肚子都饿了呢！』

冯青雯笑道：『晚上就喝了点稀饭，吃了块烧饼，我还以为你突然转性了，没想到是被这事憋的。』

许名扭头就走，边走边说：『你们聊，我去厨房看看还有没有剩下些什么吃的。不行的话，我还得上去那烧饼铺——』他走得太快，后面的话就听不清了。

翌日，沈煜醒过来之后大发雷霆，要找聂道根理论，幸而被许名劝住，许名告诉她点倒她的是文殊师利。沈煜果然中计，矛头全部指向了文殊师利。文殊师利其时正在自己的屋子里静坐，忽然轰的一声，整间屋子的大门碎成齑粉，连一点成块的木头都没留下。他懵懵然不知何事，粉末飞舞的屋子里看不清楚来者何人。文殊师利只见朦胧中有赤红的火光一闪，瞬息间火焰蔓延，将他整间屋子烧了个干净。文殊师利跑出来的时候，身上还冒着热气。火势不歇，其余众人见大火就要祸及到壶丘洞天的屋子时都惊呼不已，还好沈煜尚未失去神智，以玄阴冰煞气灭了火，这才使得壶丘洞天的房间幸免于难。

文殊师利对聂道根张牙舞爪，对沈煜却是极尽隐忍之能事。众人觉得他也许会像对待聂道根那样暴怒出手，可他知道是沈煜干的之后，却只是喟叹一声，盘膝趺坐，口中念念有词道：『阿弥陀佛！女施主如此对待我文殊师利菩萨，必有佛陀在身后指点。文殊师利虽已证得菩萨果，却还未窥见正等觉之门。佛陀以女施主为试炼，考验我文殊师利之圆觉，善哉善哉，如华藏净土灌顶耳！』

聂道根揶揄他道：『你该不会是怕我这师侄吧？』

文殊师利白了他一眼，骂道：『你懂个屁！俗世间除了维摩诘居士，也就是金粟如来的后身，我文殊师利还惧得谁来？这是机缘，是机缘！你懂不懂？女施主如此对我，都是涅槃前的机缘！钝根汉休得聒噪！』

聂道根讥笑道：『是，是，你和女施主都是姻缘，女施主是佛祖派来度化你的，大师不如每天跪拜我师侄好了，总比拜那庙里的木偶像要强。』

文殊师利听完一愣，惊讶地说道：『咦？你这话说得好有道理，是我遇到你这么多天来说得最有道理的话。不错不错，既然女施主是佛陀的使者，那拜女施主就相当于在拜佛陀的替身了。此意甚妙，甚妙！』

沈煜冷冷地说道：『你敢在我身后偷袭点倒我，烧了你的屋子还只是轻的。』

文殊师利辩难道：『女施主此言差矣。此屋非我屋，而是这“壶中天”里的屋子。而这世间万物，其实也没有一定的归属。一切皆为虚幻，我们看见的听见的闻见的摸到的都是虚假不实，又何谈什么归属呢？既然没有归属，那么女施主说“你”、“我”便是有了虚幻的分别心。无分别心亦无无分别心，分分别以及无分分别，执其两端难免偏颇……』

他自顾自地在絮絮叨叨，沈煜早就不耐烦了，右手伸出，搭在他的光头上。一时间骤寒突至，所有人都觉得这地底下好似就快要被冻成冰窟了。

聂道根脸色一变，心道不好。他知道沈煜这玄阴冰煞手阴冷至极，这一下从老和尚头顶发劲，即使老和尚功法通神也是难以抵挡。

岂料文殊师利恍若未觉，闭目自语道：『冰凉彻骨，提神醒脑，灭尽我体内邪火三昧，委实是不可多得的试炼。』

聂道根观他面色如常，这才放下心来，心想这老和尚的大寂灭禅功已经修至巅峰，能够伤得了他的人恐怕也没几个了。

沈煜哼了一声，放手离去。许名等人才敢聚拢过来，帮着老和尚擦掉身上的烟灰。聂道根见沈煜没来找他的麻烦，也不禁暗自松了口气。文殊师利屋子被焚，聂道根本想引他去另一间小屋，却被他谢绝。只见他独自走到宅子外那块玉璧下面，盘膝打坐，说今后便在此处下榻了。

壶丘洞天未返，众人一时间也没什么事。沈煜烧了文殊师利的屋子后，就一直闭门不出。聂道根叮嘱许名与文立木等三人趁这几日空闲不如做做准备，以待行动开始。许名近日来难得无事，一门心思地开始研究菜谱，准备在行动开始前好好地弄几道大菜出来朵颐。冯青雯心里想着空谷琴铺里那口古琴陶唐，不断地将当日斗笠琴主以虚音空弦斩断案几的图景与自己对音武道的参悟相应和，隐隐然有识破玄机的苗头。

文立木则在地下寻到一处水脉的源头，岩层间的水系在岩石断开处泻下，形如小小的瀑布。水流下有一块平整光滑的岩石，因常年被水柱打磨，早已失去了棱角。文立木在此处坐下来，抽出自己的刀与斧，开始磨他的兵器。

他的刀斧虽非名师打造，却也是上好的精铁制成，刃口锐利，在割人头颅时不会有太多的阻滞。他在陈皇身边伺候时，每逢大战或者出外任务前晚，他都习惯于独自一人静静地磨他的刀斧。这是唯一可以令他进入到空冥心境的方法。刀斧虽霸道，可挥之却以空离之意。

刀在潋水石上研磨，似一名男子的锋芒被岁月雕琢。文立木并未给自己的兵器取名，这不是江湖人的做法，可他觉得，兵器无名方能成圣。武林中有长孙氏，铸剑两柄，名满天下，一名『断空』，一名『法眼』。文立木却觉得兵器之名非兵器本身之性，而是兵器的主人带给兵器的荣誉。『断空』若不在关墨手中，『法眼』若不是蓝玄镜的佩剑，则也只会汲汲无名，埋于尘世。而一个真正的武者，手中即便只有一根木棍，一枝枯柴，亦能克敌制胜。木棍岂有名乎？枯柴岂有名乎？名实乃外物也。

斧身沉重，比刀又多了几分大开大阖之势。如果说刀还有回圜的余地，那么斧一挥出，便没有了其它的选择，没有了后路，甚至是没有了自己。斧是决绝的，也是不容置疑的。一个人可以在挥剑的时候布下重重后招，也可以在舞刀的时候留出一些余力，可斧不行。一个以斧为兵器的武者必须深刻体会到自己挥出的每一斧都是无可更换的一斧，是只能行一遍的人生，是不容置疑的信仰。京城有善斧者，飞鸿会紫门门主紫衣挟刀斧，他只携斧，没有刀。据说他隐匿在光天化日之下，只要有影子，就有他的藏身之处。他每一次的斧斩都是天下斧技的经典之作，也是他毕生精气之所发。从没有第二斧，因为第一斧就已经全力以赴。作为武林中最令人恐惧的暗杀者，死在紫衣挟刀斧头之下的名宿高手已多到用两只手数不过来。这些人的武功未必就弱于他，只是他比他们更谨慎，更决绝，更把每一次出手都当作是性命一样珍惜。

文立木没有见过紫衣挟刀斧，他只是听人说过紫衣挟刀斧的暗杀战绩。文立木很少能遇到和自己相同的人，但他觉得紫衣挟刀斧也许和他是同一类人。

刀与斧在激水石上研墨，钝去的锋刃随流水而去。文立木细细察看兵器的锋口，他知道在他沉重的斩击之后，兵器的刃口极易出现裂纹，若不能及时发现，日后必会影响兵器的硬度与施展。他心细如发，对待刀斧犹如对待情人。察看良久，确认无虞，文立木双手一振，刀斧上的水珠全部被震下。他归器于后背，心里想着去找冯青雯商量下如何打发这几天。

冯青雯在房里正在回想斗笠人的出手。他是如何能够无端使古琴凌空，然后让琴弦无拂自曲，奏出劲气音声的呢？她想不明白，决定找文立木聊聊这个事。敲了文立木的房门，无人应答。冯青雯心想他会去哪了呢，于是就往宅子外面走。半路上遇到许名，左手里捧着一碗水面粉，右手提着一条青鱼，兴冲冲地说要做拔丝蜜鱼。他叮嘱冯青雯，见到文立木让他赶紧来厨房，厨房里那把菜刀太钝，很多连筋带骨的食材切不开，要借他那把大刀一用，斧子也行。

许名说完就一溜烟跑了，冯青雯觉得好笑，拿文立木的刀去切菜，无疑等于让聂道根拿他的小红锤去砸鞋底一样荒唐。她脸上带着笑走出宅子，没几步就走到了那块玉璧前面。只见文殊师利在玉璧前的地上和衣向右侧而卧，右手支头，双脚并拢向后微弯，俨然是佛陀吉祥卧的姿势。

冯青雯一直觉得这老和尚古怪，不想惊动他，蹑手蹑脚地想从他身旁绕开。不料文殊师利双眼一睁，张口说道：『阿弥陀佛！女施主你有心事。』

冯青雯吓了一跳，回过头有点尴尬地应道：『大师．．．何出此言？』

文殊师利翻身坐起，合十说道：『女施主修的当是音武道。』

冯青雯说道：『是．．．不过这与我有心事何干？』

文殊师利振振有词：『当日见女施主出手，音武道已有大成，当是在真音无相之境。真音无相境的武者已能协同天地间的音声与己融为一体，故在行走时几乎已不会有杂乱的足音。可女施主刚才经过时，步履貌似轻灵，实则脚步声浊滞。老僧略一推测，以为女施主当是有无法解决的疑难在心。』

冯青雯心中一动，对着文殊师利一鞠，问道：『大师对音武道可有精研？』

文殊师利道：『精研谈不上，略知一二而已。女施主还请坐下说。』他此时灵台清明，彬彬有礼，还真有些得道高僧的样子。

冯青雯盘膝坐下，问道：『大师可曾遇到过可以毫不动作即能以琴弦之音化劲气袭人的音武道高手？』

文殊师利思索片刻，双目一闪，回道：『有过。』

冯青雯忙问道：『以大师之见，他是如何可以凭空行此动作的呢？』

文殊师利说道：『真音无相境之巅峰，应当就是化天下音声入己身，再以己身作引，触发声音之同频，与器无间。』

冯青雯似乎悟到了些什么，喃喃自语道：『与器无间．．．以身做引．．．』

文殊师利说道：『此中玄妙，唯有修音武之人可以彻悟。老僧不修音武，只能言传，而不能通意。女施主莫非就是以此为心事么？』

冯青雯点了点头，答道：『不错，大师所言通明，已经为我指出了一条通途。』

身后忽然传来一个冰冷的女声：『以你的天资，再过个三五年也通透不了吧。』

冯青雯赫然跳起转身，看见沈煜不知何时已经来到了她的身后，而自己却毫无察觉，光从这一点上来说，沈煜的身法就已经连她这真音无相境的武者都难以靠声响捕捉了。她知道沈煜这次前来是针对自己的，于是对文殊师利说道：『大师还请避一避吧，我和她有账要算。』

文殊师利却说道：『玉璧有佛光，护一切周全，无妨的。二位请随意，当老僧不存在就好。』

沈煜说道：『我的赤焰烈火都烧不死他，玄阴冰煞也对他无效，你还怕他受伤是怎的？这老和尚比庙里的泥塑金刚还皮实。』

文殊师利合十道：『阿弥陀佛！沈施主你也有心事。』

沈煜怒道：『老和尚你胡说什么！』

文殊师利摇头晃脑道：『胡说本为胡言，我禅宗初祖达摩便是胡人，胡人说胡言，那还是不是胡说？老僧非胡人，不说胡言，但却识胡文，可语胡言，那老僧是不是胡人？其实胡说也是说，胡言也是言，胡人也是人，非胡人也是人。这都不重要，重要的是不是说，是不是人。』

沈煜身形一动，喝道：『住口！』她身法极快，一掌便往文殊师利的头顶拍去。

冯青雯在她动的时候也动了。她这次没有用腰上的软剑，而是赤手空拳，截住沈煜击向文殊师利的招数。沈煜双手连击，一边炽烈如火，一边冰寒刺骨，水火不容，毁天灭地。冯青雯五指虚拂，如以空为琴，以虚为弦，寂寂中有声音，与沈煜的寒冰烈火硬撼。

劲气交击。沈煜半步不退，气焰暴涨。冯青雯斜掠出去，卸去沈煜的大灭力。人方移去，忽又像被鞭子抽回来似的，好端端地站在沈煜眼前。沈煜冷哼一声，双手齐出，冰瀑火海泛滥成灾。冯青雯不避不闪，竟糅身扑入冰火奇境，手弹烈火，口吹冰笛，竟是以沈煜的功法为她之器，反而攻向沈煜。

文殊师利本一直在旁闭目打坐，此时却突然睁开眼睛，口中念道：『善哉！善哉！三界唯心，万法唯识，女施主于此时破障矣！』

沈煜第一次被人以自己的火势与冰气反侵，倒是微微一惊。她应变极快，倏地收回放出去的赤焰与玄阴之气，整个人孑然一身存于天地间，白衣素容，净若神明。冯青雯奏出烈火与玄冰之音，一时间情不自禁，双手凌空弹拨，如以岩石作乐、细水作钟，呼吸间汇聚身周所有声纹音律，以彼之声，纳入此躯；再以此之躯，共振彼声，循环往复，无穷无尽。

她在与此方天地以音声互溶彼此之际，分明察觉到在这之中，有一个格格不入的音源逐渐强盛起来。

文殊师利侧目望向沈煜，口中又再念道：『阿弥陀佛！沈施主体内已成水火之势，如佛家三昧真火遭遇道家太一生水，双源分始，殊途而不同归。我佛慈悲！老僧此生尚未见过如此奇诡之经脉。』

沈煜变得苍白、圣洁、飘忽。她往前迈步，重重音网拦截，她却如触无物，所过之处，音网碎裂如飞絮。冯青雯恍若未觉，只是漫然挥洒，沉浸在自己与天地的互渗之中，音波如蛛网纠缠沈煜，只是沈煜强大得不似蛛网可以困住的猎物。

二人之间的距离越来越近。沈煜行到冯青雯身前三尺，音纹之力骤增。她停下脚步，忽然双手伸出，仿佛在空中抓住了些什么。只有冯青雯知道，沈煜触碰到的音纹竟然变得混乱、狂躁、矛盾。她觉得这部分音纹脱离了她的控制，像是墙上掉落的一块砖，她的音纹障壁出现了缺口和裂痕。沈煜不断地触摸身前的音纹，冯青雯堆叠起来的音纹障壁快速崩塌，沈煜身形一突，已站在冯青雯身边。

蓦然剑光一闪，冯青雯腰间的软剑已挥出。却不是被冯青雯回手抽出，而是自行跃出攻击！

以己为引，与器无间。

冯青雯待沈煜走近才施展出这一击，已是揣着此战必胜的信念。剑声如蜂鸣，一剑斩入沈煜左臂，发出『叮』的一声。

冯青雯面色一变。这势在必得的一剑竟然斩不进沈煜的皮肉！

文殊师利双目闭合，喃喃自语：『阿弥陀佛！冰火由外而内，再由内而外，灼筋锻体，这阴阳二气和合身只怕不在我佛门金刚能断不坏体之下了。』

沈煜似乎轻轻地吸了一口气，她的脸变得更加的苍白，人显得尤为虚弱。冯青雯只觉得这一吸似乎把她们所处之地的音纹全部吸收，而且切断了她与这片天地的勾连。在沈煜面前，冯青雯觉得自己是一个被卸了武器与盔甲的手无寸铁之人。

沈煜的攻击即将发动，这次必是势如惊雷的一击。冯青雯心念电转，脑中忽然想到了那一尾古琴，和那被切断的琴案。

『住手！』声音从三丈外传来，下一个刹那，一刀一斧已然斩入了沈煜与冯青雯之间。

是文立木赶到了。

沈煜石破天惊的一击被文立木的刀斧所引，转而对着他宣泄了出去。文立木的刀在一片冰雪中，永冻冰层把他的左手与刀重重包裹；而他的斧在一片火海里，炙热无比的火焰灼烧着他的右手与巨斧。

这是文立木对上沈煜这一击时所产生的幻象。他的左手寸丝难移，而他的右手感觉就快要融化。文立木自艺成以来，首次陷入如此绝望的境地。他的刀可以斩入所有武学的缝隙，他的斧可以割掉所有技能的首级，可他划不开这亘古的冰川，亦切削不了那无从着力的赤焰。

文立木感觉到自己的臂膀在深渊中沉坠。刀与斧这次画不了两道完美的弧度了，他心里这样想。哀叹之际，他听见有细微的声响。这声响似乎是来自于他的体内，他的心跳声、血液流动的声音、肺叶缩张声、骨骼之音、毛发的响动，似乎他身体里的声音被某一种方式放大了，汇集在一起，声音形成丝线，丝线逐渐粗壮，形成牵扯之力。万千道这样的音声丝线扯住了他的双臂与身体，他感觉到自己的刀与斧正在以一种比沉坠时还要快上百倍的速度重新折返。

两道完美的弧线一闪，金属的器光如暗夜中的流星划过，斩断了冰层与火焰，斩向冰与火之后的源头。文立木感觉到自己的身体似乎与另一个生命体纠缠在了一起，他成为了那些丝线的木偶，而那些丝线也在他的全力挥舞下愈见强大。

沈煜那已经苍白到极致的面孔开始有一丝黑纹。刀与斧摆脱了她那毁天灭地的一击，继而向她斩来。文立木的刀有万般变化，他的斧却有着绝杀的笃定。沈煜看见他双臂上悬垂着的一根根音声之丝线，也看得见站在文立木身后正以真音无相的奥义与文立木携手应敌的冯青雯。

沈煜笑了，是一种似乎完全解脱的笑容。刀划过她的耳畔，沈煜侧身避过。而斧斩却避无可避。她伸出手去，以自己那悄悄开始变黑的素手硬接了这一斧。

斧与手撞击在一起，没有声音。文立木身后的音弦却『啪』地一声在弹指间尽皆爆裂。冯青雯闷哼一声，脸色极不好看。文立木发现了冯青雯在他身后的协助，他的斧已经失去了第二斩的决绝，可他的刀势还在变化。他知道冯青雯受伤了，他的刀法变得绵密、细腻、无孔不入，一柄长刀在他手中精微得如一根绣花针。

沈煜闪过几刀，身体上的一半已经覆盖上了黑纹。文立木与冯青雯惊奇地发现她的双眸也开始变黑。沈煜的身后，连天的火焰已经不再是赤红色，而转成了幽暗的黑炎。黑色的火焰，映照在闪着星光的冰凌上，有一种妖异的幻。

文殊师利长叹一声，起身步入黑火。黑炎想要吞噬他、抹杀他，却在他走过之处自行分开，文殊师利仿佛是一个连黑火都惧怕的人。

沈煜在长啸中转身，放过文立木与冯青雯，朝着文殊师利击出了一片冰霜之海。海水泛着黑色，淹没了文殊师利的头顶。

一指从水面上升起，指尖前划，黑色的冰海被这一指划开，在其中闪出一条通路。文殊师利一指分海，步履不停，走至沈煜面前，依然出了三指，依然是如来三身佛指。

应身指点在她左肩，报身指点在她右肩，法身指点在她前额。三指点过，漫天黑炎与冰海须臾消散，指力透体却无伤毫发，劲力所至是三道黑气，全被文殊师利逼出了沈煜的身体。

从当日格挡聂道根小红锤始，到今日点出沈煜身上魔气止，文殊师利只以其那一根手指应对。其实力浩如烟海可见一斑，而就连这样的人都对壶丘洞天心服口服。

沈煜的面色恢复成一片惨白。她看了看文殊师利，又看了看冯青雯和文立木，一字未说，倒纵离去。

冯青雯有些担心地看着她远去的方向，对文殊师利说道：『大师，她入魔如此之深，可还有挽救的希望？』

文殊师利说道：『冯施主此刻尚未完全堕入魔道。黑炎只是一半，等到她的玄阴冰煞气也完全入魔之后，想要制服她就不是那么容易了。她心中还有犹豫。』

文立木对冯青雯说道：『看不出你们两个这么死对头，其实你还是挺关心她。』

冯青雯面有忧色，说道：『儿时的玩伴，吵吵闹闹总难免。我虽与她不睦，却也不想看见她入魔后被人围攻，狂乱致死。』

文殊师利说道：『沈施主若能纳魔意为自身之道，便可以与岂子道一样，成为修魔界的翘楚，而非狂乱致死了。这世间一切相依相生、相辅相成，千年前魔亦是道，道亦用魔，凡事与物其实并没有那么严格的界限。一切魔障皆在心，而非在形、色、声、相。』

冯青雯说道：『大师禅境通明，已是菩萨一样的人物，为何有时仍然神智纷乱？』

文立木接着她的话说道：『不错，我之前以为大师也与沈煜一样，心智入魔，现在看来，好像也不是这么一回事。』

文殊师利挠了挠头，回道：『阿弥陀佛！不疯魔不成佛，这已是我禅宗数百年来形成的共识。昔日六祖惠能有衣钵外传人——青原行思与南岳怀让。二位大德皆言行疯癫，异于常人，但均开宗立派，成为万世师表。再之后的马祖道一、黄檗希运、临济、法眼、沩仰，皆个个具出格之质，嬉笑怒骂，万法不离其宗，于言语障与分别障上，已是通达无碍了。老僧虽自知自己疯癫，可还未参破疯癫与破立之间的因果。』

他不再多言，向文立木与冯青雯二人施了禅礼，便退回到那块玉璧之下，接着打坐去了。

文立木对冯青雯说道：『你伤得可厉害？』

冯青雯摇了摇头，回道：『无妨，小伤，调息两日便好。经此一役，托她的福，我倒是领悟到与器无间的妙义了，也算是因祸得福。』

二人正在说着，突然看见许名从宅子的方向跑过来，对他们二人及文殊师利喊道：『师父回来了，请诸位去大厅一叙。』

第六章

一台青布小轿从长干里的巷子绕进去，穿过文德桥、大石坝街、五板桥、三七八巷，行至柳营的时候两名轿夫旋身左转，走过来凤街前的糕团店，从卖菱角和冰糖藕的铺子前挤开聚集在店门口买桂花糯米藕的民妇们，步入箍桶巷，一直走到六朝龙壁处，轿夫又旋身右转，沿着河沿岸的牙道缓缓前行，最终停在了贡院街前一座古朴深宅的大门处。

『还是走小门吧。』轿子里的人对轿夫说道。

轿夫重新抬起轿子，转到宅子背后的小门口落轿。从轿子里跳出来一个小小的道童，约摸七八岁的样子，憨态可掬，粉扑扑的小脸上永远挂着明晃晃的笑容。他三步两步地蹦跳到门口，用他那雪白的小手拍了拍门，又拍了拍，再拍了拍。

半晌后门开了一条缝，一个粗壮的下人看见门口是个道童打扮的娃娃，不禁有些奇怪。

『那，给你。』小道童从袖子里摸出来一块手牌递给下人。下人疑惑地拿着手牌进去禀报，小道童自个儿在门前咿呀呀地跳格子。

『楚儿莫顽皮了，来乖乖站进轿子里。』轿子里的人对小道童说道。

小道童对着轿子吐了吐舌头，做了个鬼脸，还是在那门口来来回回地跑着玩。突然『吱呀』一声门被打开，青布小轿与小道童一同进了门，被下人带着走进了宅子里的主厅。只见一个看上起只有十五六岁的少年负手立在厅中，尚未戴冠，却有一种似乎已历经沧桑的表情。

他虽然年轻，却有着与他的年龄极不相称的世故和疲倦。如果有一个陌生人第一次看见他，甚至会觉得他身上竟然会浮现出一丝衰老的气息，是在一个十五六岁的少年身上无论如何都不应该出现的气息。

青布轿子里的人并没有出轿。他似乎在等着这个少年先做些什么。

果然，少年略一沉思，便命厅中的所有下人都退了下去，厅里只剩下那顶轿子、小道童与少年。小道童晃晃悠悠地站在轿子边拨开轿帘，只见一个满头白发的道士从轿子里走出来，明明应该是知天命的岁数，可一张面孔却年轻得像是这个少年的大哥。

少年对着道士深施一礼，说道：『见过国师。』

白发道士缓缓说道：『归德侯别来无恙。』

少年低着头，仍保持着行礼的姿势，说道：『未知国师今日突来寒舍是何缘故？』

白发道士没有答他，只是坐进厅中的太师椅，端起早已备好的茶碗啜了一口，悠悠说道：『归德侯蒙圣恩居于这六朝烟水的繁华地，在应天府领侯爵位，可还有什么不满意之处么？』

少年抬起头来，双眼平静如水，淡淡地回道：『国师有此一问，想必是我有做的不到的地方，还请国师提点。』

白发道士赞道：『归德侯年纪轻轻就有这份定力，委实是难得。贫道就与归德侯直说了吧。』他双目如电，直视少年的眼睛，沉声说道，『贫道要与归德侯做一个交易。』

少年目光中有一缕不易察觉的讶异，一闪即逝。他依旧沉静如水，淡然说道：『国师此言，真正让我有些不明白了。』

白发道士微笑道：『归德侯何必过谦，其实你明白得很。数日前贫道收到传回来的情报，归德侯与前陈汉逆贼壶丘洞天长期联络密切，而壶丘一脉近日一直在招揽高手汇集江州，似乎是要有什么行动。』

少年不动声色，平静应道：『我与壶丘子早已断了音讯，圣上鸿恩赐我华宅美爵，我岂能不识好歹，再行苟且之事？』

白发道士笑道：『归德侯做事心细如发，确实令人敬佩。只是百密一疏，你前次派出去与壶丘洞天接头的亲信虽被你随后派遣的杀手一箭贯体，却侥幸未死，被我的人救了下来。他幡然醒悟，把你与壶丘洞天谋划的事情和盘托出，只为了让我能保他一条性命。』

这白发道人自然是大明国师张仲纪，而这归德侯正是陈友谅的次子、在武昌归降的陈汉第二任皇帝陈理。

陈理的瞳孔猛地收缩。他万万没有料到会有这样的把柄捏在张仲纪的手里。陈理沉默片刻，复开口说道：『国师想要做怎样的交易？』

张仲纪目露欣赏之色，缓缓说道：『希望归德侯可以将你与壶丘洞天谋划的事情向我详细道来，并继续与他联络，但之后的联络内容都必须让贫道知晓。』

陈理沉吟道：『听闻国师最近被徐达与李善长联名在圣上面前弹劾，想必日子也没有之前风光了。国师想借用此事来提升圣上对国师的信赖，重新夺回正一道在大明朝不可撼动的地位。不知我所想是否正是国师所想？』

张仲纪面现激赏神色，点头说道：『归德侯如果不是那位的子嗣，恐怕早已是这天下间另一位人物了。不知贫道是否可以在这件事情上与归德侯携手合作？』

陈理问道：『除了不让国师参我一本，我还能得到什么好处？』

张仲纪回道：『此事一了，我正一道若能重回巅峰，到那时自会有归德侯的功劳。想在这应天府里安稳地待下去，多一个朋友总比多一个敌人好。』

陈理冷冷地说道：『自当为国师效命。』

张仲纪不再多言，便要重新回到那顶轿子里，小道童楚儿则一溜烟儿地跑到外面去喊轿夫。张仲纪甫掀开轿帘，忽然停下，转过身来看着陈理，问道：『不知归德侯是否亲见过壶丘洞天的身手？』

陈理说道：『儿时在江州经常受到壶丘子的关照。』

张仲纪追问道：『江湖上盛传，壶丘洞天比之当世三大绝世武者亦不遑多让，是否属实？』

陈理眼中似有钦慕之色，徨然说道：『壶丘子之能，恐怕比之那天下第一人关墨，亦不遑多让。』

张仲纪闻言，双眉一挑，深深地看了陈理一眼，欲迈入轿中，忽然又停了下来，再次转身说道：『归德侯可听说毗卢寺里的金光大师圆寂了？』

陈理说道：『已有耳闻。可惜了一代高僧，竟就如此匆匆离世，遁入涅槃，不能再普度众生，实乃众生之悲哀。』

张仲纪目光灼灼，看着陈理，缓缓说道：『刘客幽在毗卢寺中金光大师的房间里发现了一条地下密道，直通旁边大悲巷中一座宅子的后院。那宅子似乎是徐达与刘客幽囚禁某位高人多年的禁地。就在金光大师圆寂之后不久，刘客幽发现密道一事之前，那宅子里的高人已然踪影全无了。』

陈理说道：『哦？竟还有这等事？』

张仲纪意味深长地看着他，悠悠说道：『值此生死存亡之际，归德侯还是要多加小心。有些人不应该让他出现的，最好还是不要让他出现的好。』

陈理对着张仲纪施了一礼，低首说道：『国师所言极是，陈理必谨遵国师教诲。』

当晚，中书右丞相府书房中灯火通明，徐达背负双手站在窗前半晌。书房中侍立着四人，唯有一身白衣的刘客幽坐在椅中饮茶。

徐达似乎有些看倦了窗外的风景，徐徐转过身来，沉声说道：『刘先生可否说一说当日现场的景象。』

刘客幽回道：『是。当日我发现金光房中床下的密道后，顺着密道一直走到大悲巷中深宅的后院，其时华西楼已然不在宅子里，想是金光服毒自尽时沿着密道进入毗卢寺禅房，再趁乱遁走了。金光当年在江西与壶丘洞天过从甚密，此事必然与壶丘一派脱不了干系。华西楼在后院以一支发簪将看守刺杀，剑术比当年犹有过之。他虽不能运劲，可似乎在剑法上又有了精进。』

徐达听完后没有说话。房中其余四人也不敢出声。徐达望着油灯上的火苗，对左手一个灰衣中年男子问道：『彭先生医道通微，可否告诉我，这世上存不存在解开「孰毒唐尸三百手」中第一手唯我毒尊埋入体内之毒的办法？』

那彭先生躬身回道：『回相爷的话，彭某在医圣盟二十年间，只见过曾经盟下〝活马医〞首席岳臣以毒草药之方配合金针、碳炙、巫术招魂等法解过〝孰毒唐尸三白手〞中第五手的一个毒方，不过即便是解了，被布毒之人也是体内经脉大损，没过多久就暴毙了。』

徐达在书房里踱了几步，说道：『那岳臣人在何处？』

彭先生回道：『医圣盟解散后，岳臣便不知所踪。他岁数大了，说不定已经不在人世了。』

徐达站定脚步，对另一个中年男子说道：『把这个岳臣找出来。死要见尸，如果还活着，则就地扑杀。』

中年男子领命去了。徐达转身对刘客幽说道：『刘先生可有什么想法？』

刘客幽说道：『华西楼体内毒力未解，暂时构不成什么太大的威胁。倒是去江州刺探情报的虚中侯和虚天云父子近来失去了音信，不能不引起我们的重视。』

徐达缓缓说道：『不错，以虚氏父子二人之能，如果也遭了壶丘一脉的毒手，那么壶丘一脉的实力就相当可怕了。不过在此之前还有一事，不知刘先生想到了没有。』

刘客幽悠悠说道：『还请相爷明示。』

徐达说道：『金光床下的密道究竟是如何修建成的？是什么人暗中相助，动用了哪些手段，才能在这应天府的毗卢寺地下，神不知鬼不觉地挖掘出这样一条暗道？』

刘客幽眼神闪烁，缓缓说道：『我想过，可我也不敢想。』

徐达看着他的眼睛，淡然说道：『那不敢想的事情，就让它成为烟尘，被抛撒、掩埋。我们可以只想想我们敢想的事情。密道的修建是为了什么？当然不是为了宅子里的人，而可能是为了一次针对应天府的袭击、一次在应天府的暗杀，避难。那个宅子与我们毫无关系，那可能是谋划者的狡兔之窟。』

刘客幽立刻便明白了他的意思，应声说道：『相爷说的不错，仅靠毗卢寺自己是肯定做不到这样的事的。只是近日来正一道赞教使与金光过从甚密，那处宅子也很有可能就是正一道的密宅。正一道张仲纪身为国师，当可以只手遮天，在应天府为所欲为。』

徐达点头道：『刘先生通透。请刘先生将此次的经过详细地写成纸面文书，待我近日便奏启圣上，听凭圣上决断。』

刘客幽端起茶碗来又喝了一口茶，缓缓说道：『客幽明白了。』

左丘飞鸿一早走近中书左丞相府的时候，心中不免有些感慨。其实他每次到李善长这里来，都会想到这十年间发生过的一些事情。左丞相府不算多么气派，也占地不多，却自有一种古朴、沉静的气度。金丝楠木的立柱支撑着大厅与府中回廊，雕花的梁顶工艺精湛，这已不是元末明初的匠人可以做到的了。

十年前李善长与徐达正式开启明争暗斗的局面，徐达招揽了以刘客幽为首的武者幕僚，李善长不甘示弱，也在茫茫武者中挑选了他作为其江湖势力的龙头。江湖，并不只是武者的江湖。江湖是整个天下人的江湖，包括贩夫、走卒、耕民、猎户、船人、艺人、镖师、乐手等，甚至包括官府。总会有人说，江湖是官府与庶民之外的天地，但这只是蛊惑人心的说法。实际上江湖只是官府有意为之的法外之地，江湖是手握皇权与兵权之人行不可告人之事的畋猎场。左丘飞鸿闯荡江湖二十年，对这背后的算计与野心早就深有体会。

十年前他与自己最好的朋友岂子道分道扬镳，十年前他与刘客幽在应天府风云际会。十年后的今日，飞鸿会已经成为除了蜀中唐门之外江湖中最负盛名的势力，而他与刘客幽也因这十年间的多次交手战绩而被江湖书局评定为当世三大绝世武者中之其二，与唐门第一高手唐白木并驾齐驱。

十年前他虽已武道精深，可在江湖中仍如一介散人，在江南小有名声，但却难望世家望族之项背。今日，他却可以随意进出这万人之上的官邸，与一人之下的权臣同辈相称，手中的飞鸿会与飞鸿七门威震京师，那些世家与豪门现在也只能屈居其下。十年乱世，造就了江湖上的传说与神话。

左丘飞鸿在这样的感慨中走进左相府的正厅。李善长正伏在案上对付一碗回卤干、一碗芝麻汤团以及一碗鸭杂粉丝。他坐进下首的太师椅里，细品着厅中屏风上的仕女图。李善长吃完了东西，有下人拿着热毛巾进来擦过了脸，捧起一碗茶喝着，对左丘飞鸿说道：『一大早急着喊你来是想告诉你，今早徐达在朝上参了张仲纪一本，是关于毗卢寺的事。』

左丘飞鸿知道毗卢寺的事情。只是这事是刘客幽亲自介入，他便没有太过于关注，只是知道金光大师圆寂，似乎还在寺里发现了些蹊跷。他静静地看着李善长，知道他还会继续往下说。

李善长放下茶碗，继续说道：『徐达说金光床下发现密道，通往大悲巷某处宅院。而金光近来与正一道过从甚密，想必是正一道暗中支持他才能有此事。至于密道的用处，徐达说他不敢妄言。』

左丘飞鸿说道：『圣上可有何反应？』

李善长说道：『圣上什么都没说，但什么都没说其实也就是说了。徐达想通过这件事把矛头指向正一道与张仲纪，我是赞成的。只是这件事情有些蹊跷，圣上肯定不会就这么快表明态度，而金光虽然与正一道交往密切，但我听说他以前是在江西做的和尚。』

左丘飞鸿笑道：『相爷明察秋毫。金光确实是庐山东林寺出的家，曾为幼时的陈理开光，也与壶丘洞天相交多年。』

李善长说道：『把最近的这些事情窜在一起，会发现其实它们都处在同一条脉络上。我们现在唯一不知道的，就是密道通向的那处宅子究竟是作何用处的，以及那宅子里究竟有什么。』

左丘飞鸿说道：『知道这里面虚实的人，除了徐达，应该也就是刘客幽了。』

李善长眼神一转，说道：『左丘，你有多久没和刘客幽会面了？』

左丘飞鸿笑道：『上次与他会面，还是去年因为头陀岭上茶场的归属而起的冲突。朱颜、青山和陆裁衣、褚弦他们闹得不可开交，交手数次，陆裁衣请刘客幽出面，朱颜和青山自然是找我出头。那应当是最近的一次了。』

李善长悠悠说道：『你们也是时候再见一面了。』

银流的月，头陀岭上，夜如墨黛。

一个锦衣华服之人正在款款地走上头陀岭。在月光下，他像是要去赴宴，赴一场月华的盛宴。登岭的脚步收容月色，登岭如登天。

这人走到头陀岭顶上的荒地中，荒地中有一块墓碑。他在月光下显出了面孔，正是那被囚禁在大悲巷中的华西楼。

华西楼伸手入袖，取出了一张纸。纸上寥寥数言，在月光下看得分明。

头陀岭上有盖世奇剑，兄当掘墓而重拾。

落款是壶丘二字。

华西楼撒手让纸片自行飘飞了出去，夜晚的头陀岭上有风。他自己只是站在那个墓碑之前。月光如一场雨，浇落在墓碑的坟头。

蓦然间墓碑下的土地开始震颤，一个刹那，一个刹那，又一个刹那，月光弹指。墓碑在一个弹指后碎裂，一柄通体如月光的长剑自土中跃出，像是一束光跳进了一片光海。

华西楼伸手执住了长剑。拔剑，剑光一闪。剑光即是月光，月光所过之处，即是剑所到之处。飘去的纸片尚未落地便在月光中化成碎屑，再看华西楼手中，长剑依然在鞘里，似乎从未被拔出来过。

这一柄当年凌驾在原翰宗『大雷音剑』之上的神剑『月令』，如今又物归原主，回到了曾经真正的天下第一剑手中。

第七章

壶丘子的个头并不高，容貌不显得很年轻，可也不像是五十一岁的人。他与聂道根站在一起，倒很像是聂道根的师弟。

然而他的双眼却宛如一片横无涯际的深海，一个可以包容、化解、蕴藏一切的深谷巨壑。这双眼睛予人平静的力量，使人安定、沉着。据说当年陈友谅身边的兵将与武者，在每一次遭遇到敌人突袭或者暗杀的时候，只要一看到这双眼睛，立刻就会沉静下来，安稳地面对敌人的袭击。

没有见过壶丘子的人也许很难理解这样的感觉。江湖书局曾记录下迟重彻对壶丘子的评价：其疾如风，其徐如林，侵略如火，不动如山，难知如阴，动如雷霆。

原翰宗也曾说过：我的剑斩天、斩地、斩人，甚至可以斩鬼神，可我的剑斩不进壶丘子的谷神难测。

江湖书局的《江湖录》刊印成册的已有四卷，由与各大斥候组织都有联络的江湖史学人执笔，谱写江湖经典。而会购买或收藏的，几乎都是江湖人。

文立木已有很久未与壶丘子这样面对面地接触了，即便是在当年陈友谅身侧的时候，也很难看见壶丘洞天的真身。时隔数年，他还是第一次有机会这么仔细地观察壶丘子，这使得他愈发觉得《江湖录》并没有言过其实。

壶丘子并不是一个人回来的，他还带了两个朋友一起回来，只是这两个人全身从头到脚都是用宽大的黑布包裹起来的，如果他们不是坐在厅里的椅子上，甚至都看不出来他们是一个人形。

壶丘子待众人聚齐，方才立于厅中，缓缓地开始说话。他的声音不浑厚，却飘逸；不低沉，却耐听。

『诸位，此次请诸位过来，是想邀请诸位参与我们即将发起的行动。行动的名称为“覆巢”。在继续讲解这次行动之前，我会给在座的每一位一次退出行动的机会。任何想要退出行动的人，我与我的门人都绝不会勉强。』

壶丘子的眼神环视过众人的脸上，在座的诸人均无人出声。盘膝坐在地上的文殊师利忽然开口说道：『阿弥陀佛！菩萨慈悲，不能杀生。老僧参与行动无妨，可老僧绝不会出手夺人性命，亦不会主动伤人。维摩诘居士佛法精微，当知老僧之言及心意。』

壶丘子眼中有笑意，缓缓说道：『大师请自便。』

他转而看向站在他身侧的聂道根、沈煜、许名三人，柔声说道：『师弟、煜儿、名儿，你们虽是我「壶中天」的人，可你们也有选择的机会。如果你们要退出，我绝不会阻拦，能留下「壶中天」的一脉传承，对我来说也许更加欣慰。』

聂道根回道：『师兄，道根愿追随师兄。传承的事情，还是让给小辈们吧。』

壶丘子点了点头，对沈煜说道：『煜儿你生性水火不容，经脉分界，阴阳难合。你虽是我首徒，但却是我最放下不的一个。』

冯青雯看向沈煜，只见她完全没有了之前的暴戾与阴狠，在壶丘子的面前，沈煜温婉得如同一个大家闺秀。

『师父，煜儿此生不会离开师父。』沈煜的声音不高，但是语气却出奇的坚定。

壶丘子怜爱地看着她，说道：『可惜御寇不在了，否则让你二人成亲，隐居山林，倒也是一桩美事。』

沈煜头垂得更低，没有回话。

壶丘子没有再问她，转向小徒弟许名，问道：『名儿，你可有什么话说？』

许名挠着脑袋，一脸难色，嘟嘟囔囔地说道：『唉，师父，我如果不和你们在一起了，估计吃也吃不香，睡也睡不踏实。虽然师叔经常使唤我，师姐经常欺负我，您老人家也不怎么搭理我，可你们是小名子我最亲的人了，没了你们，我真不知道该怎么办。所以，师父，我还是和你们一起去吧。』

壶丘子笑道：『等此间事了，你师叔和师姐估计不会让你好受了。』

许名闻言一惊，看向聂道根和沈煜，只见聂道根对他怒目而视，而沈煜的双拳已经握出了青筋。他心中一凉，暗道完了完了，一会儿还是直接开溜的好。

壶丘子面对诸人，朗声说道：『如果没有人要退出，那我就继续往下说这次行动了。〝覆巢〞行动虽不是江湖史上规模最大的行动，但绝对算得上是江湖史上规格最高的行动。因为，』他看了看在座的众人，继续说道，『行动的目标是刺杀一名真正大权在握的帝王。古往今来，恐怕也只有荆轲能勉强与我等相提并论。』

壶丘子顿了一顿，看了下众人的反应之后，复又说道：『不错，此次行动的目标，便是要刺杀朱元璋！』

文殊师利双手合十，口中念念有词。文立木与冯青雯虽早已猜到，但仍不禁神色惊讶。只是那两个被黑布完全遮住的人没有任何动静。

壶丘子待他们的情绪略为平息之后，才又说道：『我曾在战场上欺进过朱元璋身前三丈，可今时今日的朱元璋身侧已不可同日而语。首先是正一道掌教张仲纪贴身护卫，这对很多人来说，就已经是一道无法攻克的防线了。张仲纪手下赞教、掌书二使也早已入了道境，身手高绝。而朱元璋出行时，身边还少不了李善长与徐达的跟随。徐达身侧除了刘客幽，还有陆裁衣、褚弦、虚中侯等武者幕僚，李善长那边，则是飞鸿会的左丘与旗下七门。这些人，我们就来逐个解说。』

『张仲纪修正一道的太上道武，据说已经练成冲虚道体，武功之高，想来绝不在迟重彻、燕胡桑之下。刘客幽惊才绝艳，以文入武道，文道四器名满天下，曾在战场上与我交手一招，武功超凡入圣，不愧身处三大绝世武者之列。左丘飞鸿空前绝后，舍皇极惊世、一以贯之、一切皆空而将天地自化为一，玄妙莫测，且曾力克魔刀岂子道，一身武学修为难以估量。这三人，将会是朱元璋身边最难对付的三个武者。』

壶丘子娓娓道来，听得众人心驰神往，能与这样的人交手，也许是很多武者一辈子想都不敢想的事情。

文立木不禁问道：『壶丘先生可否告知我们应当如何应对这三人？』

壶丘子缓缓说道：『文兄弟问的，想必也是诸位都想知道的。只是据我所知，刘客幽与左丘飞鸿分别是徐达与李善长的贴身护卫。当暴起惊变之时，此二人皆不会离开徐达与李善长的身边，因为他们都要各为其主，护他们周全。所以，在最初的时刻，这二人不会成为首当其冲的阻力。而那张仲纪贴身护卫朱元璋，也不会在一开始便加入战团，所以，以我看来，此三人不是最初时刻的战力。相反，那些看上去没有那么重要的人，反而会成为我们刺杀的最初阻力。比如，正一道的赞教、掌书二使，刘客幽座下的褚弦、陆裁衣，以及左丘飞鸿麾下的青山依旧在与朱颜空自改等人。』

众人听他这么一说，不自觉地微微点头，觉得壶丘子所言极为有理。

壶丘子接着说道：『赞教使修太清道武，掌书使修上清道武，二人实力不弱，需要由文殊师利大师和聂师弟二人予以阻击。陆裁衣、褚弦二人，则需要由青雯和文兄弟二人拦截。陆裁衣手中一柄铁尺，专门擅长裁剪对手的招式，使得对手捉襟见肘；褚弦是一箭门的门主，弓矢武技只怕无出其右者。飞鸿会这边，常随左丘飞鸿身边征战的是青山依旧在与朱颜空自改，再加上个常在李善长身边侍候的白日依山尽。青山依旧在修习皇青国气，这本是皇极惊世书上的武学，由左丘飞鸿授之，青山依旧在此绝艺已大成。他就交由我徒弟许名对付。许名的太虚幻劲正好是皇青国气的对手。至于朱颜空自改与白日依山尽，便拜托二位了。』

壶丘子看向椅子上坐着的那两个黑衣人，那二人依然毫无动静。壶丘子对着他们点了点头，向其他人问道：『诸位还有什么疑问么？』

文立木说道：『朱元璋身边还有禁卫军，人数众多，我们该如何应对？』

壶丘子答道：『我收到内线的情报，本月十五朱元璋会去汤山围场畋猎，事毕会前往山中龙脉。山道狭窄，禁卫军难以施展，只要我们行动够速，一击而成，禁卫军对我们便构不成威胁。』

冯青雯问道：『那么是由壶丘先生亲自实施对朱元璋的刺杀么？』

壶丘子说道：『我负责引开张仲纪，并且要保持对刘客幽及左丘飞鸿的牵制。真正实施刺杀的人，会是我的大弟子沈煜。』

众人闻言都吃了一惊，包括沈煜自己都没有料到。她抬头看着壶丘子，有些不解地说道：『师父，弟子只怕．．．』

壶丘子柔声说道：『煜儿，你武功奇崛瑰丽，虽未必后无来者，但已是前无古人。只要你沉下心来，使得水火相容、阴阳两合、冰焰互化，那么你在武道上的成就必定不会在为师之下。』他又对众人说道：『此次行动，旨在成功杀死朱元璋，个人生死便已置之度外。诸位既然都不退出，那么就要做好这样的觉悟。我提醒一下各位，在行动的当场，个人只执行自己的任务，绝对不允许去帮助他人。如果行动因为某人不忍看见他人遇难而功亏一篑，那么我们现在的辛苦便真正付之东流了。』

文殊师利一直在闭目打坐，此时忽然开口说道：『维摩诘居士要以大神通令魔王伏诛，我文殊师利菩萨必定跟随。金粟如来法轮转遍三界三十三重天及地狱，金光莲华驱散冥府黑暗，实乃我等之大幸。』

众人一听就知道，这老和尚的神智又不清醒了。聂道根感慨地说道：『恐怕在我们这些人里，只有这老和尚是最超然的了。』

壶丘子笑道：『文殊师利大师有菩提慧根，我等凡夫俗子岂能有这等心境？百年之后，你我皆归黄土，而大师则佛光三昧，身化舍利，在七宝妙树顶上唱尽法华。』

冯青雯突然想起了什么，问道：『壶丘先生可知道东门大街上的空谷琴铺？』

壶丘子回道：『从未听闻。』

冯青雯便把当日之事以及那晚在河边遇到渔父之事与壶丘子说了。壶丘子微一思索，对冯青雯说道：『那渔父逆水操舟如履平地，那斗笠客虚弦空音举重若轻，以这两人的武功来看，甚至都不在我之下。讴先生身边当无这样的朋友，否则我不会不知。』

冯青雯困惑道：『连壶丘先生都不知道，看来真的是无人能解了。』

『未必。』壶丘子微笑着对冯青雯说，『我倒是觉得，答案已经呼之欲出了。』

『哦？』冯青雯甚是不解，问道，『壶丘先生何意？』

『普天之下，能做到这种事情的，也就只有讴先生本人了。』壶丘子看着冯青雯，缓缓说道，『二十年前，讴永言不仅仅是一身绝世音武震烁武林，还有一手千变万化的易容术。他曾经以三个身份分现三地，做了三件惊天动地的大事，而世人却不知这三人其实只是他一人。』

冯青雯一惊，说道：『难道．．．讴前辈是为我而来？』

『很有可能。他当日拒绝了我的邀请，却没有阻拦你，这很符合他的性情。只是他这么多年来将你养大，总是会有牵挂。我只是没想到他几十年来孑然一身，尽量不让自己与他人产生过多的纠葛，今日却还是为情所动，甚至拿出了自己的陶唐古琴。』

壶丘子负手而立，言语中很有一些慨然。他二人当年纵横天下的时候，关墨还只是一个学剑的少年，唐白木年方弱冠，刘客幽一介书生，左丘飞鸿豪情未展。那个年代，是天下第一剑华西楼、拳指双绝迟重彻、孤弦盖世讴永言、以及他壶丘洞天的时代。然而华西楼无故失踪，讴永言隐居江湾，他自己故国灭失，那一辈风云人物中硕果仅存的，也就只有屹立在江南的迟重彻了。

岁月从来败美人。他自己还年轻的时候，看着那些武林名宿们因为衰老而一个接一个地惨败在后起之秀手下，尚没有这么强烈的感觉。他也曾击败过几个江湖神话，从而缔造了自己的神话。直到他觉得自己老了，这才发现，原来江湖已经不是他们当年的江湖了。

文立木忽然问道：『除了朱颜空自改与白日依山尽之外，可能还会有其他的高手以及兵卫，我们可还有多余的人手应付？』

壶丘子回道：『剩下来的人，就都全交给这两位了。』他指了指那两个黑衣人。

文立木忍不住问道：『这二位究竟是何人？难道不能一现真容么？』

壶丘子笑道：『这两位是我多年的好友，只是他们不愿意亲近生人。等到他们愿意以真面目示人的时候，自会换一幅打扮。』

冯青雯插话说道：『我还得去一趟空谷琴铺，再见一次那个斗笠人。』

壶丘子说道：『江州城里的斥候已经全部肃清了，我回来的时候也重谢了胡九歌。凑巧遇到虚中侯来九鸽帮救他儿子虚天云，我就顺便出手震伤了他们父子，短期内他们应该不能随意行动了。』

他很平淡地说出来，就像在说一件茶余饭后的闲事。可文立木他们知道，虚中侯号称刺客之皇，一生刺杀高手无数，一身隐匿刺杀的武学造诣当世无双，也算是徐达麾下仅次于刘客幽的人物了。

壶丘子继续说道：『你们这几日尽可以出去做一些想做的事，三日后启程应天府。』

冯青雯不是单独去的空谷琴铺，文立木一直陪在她身旁。她有几次想问问他身体可有什么不适，可看见他一幅精力弥漫的样子，她也就没有问出口。岳臣判断不出他体内的毒究竟是前三手中的哪一手布下的，如果是那号称唯我毒尊的第一手，恐怕就算是大罗金仙也难解了。

文立木没有察觉到冯青雯的这些情绪，他以为她只是在担心去了空谷琴铺后还是取不出古琴。壶丘先生说斗笠客有可能就是讴先生，文立木觉得有些不可思议。他对青雯究竟是一种怎样的情感？为何他养育了她十多年却仍然在躲避她，二人犹如陌生人一般？如今他隐匿身份，以斗笠客的形象出现，甚至拿出他自己的绝世珍藏古琴陶唐，又是为何？文立木觉得讴先生就是一个谜，一团永不被人看清的朦胧。

三日后启程应天府。他与冯青雯相处的日子越来越少。覆巢行动确实是覆巢行动，已不给他们留任何余地。壶丘子虽将行动计划针对到了每一个人，可百密总有一疏，谁又能确保事情一定会那样发生呢？而且，壶丘先生说得很清楚，行动时谁也不可以对其他人施以援手。即便他们成功地刺杀了朱元璋，可他们能走得掉么？

文立木在这样的思索中有些意兴阑珊。东门大街上很热闹，卖各种小吃、玩偶、衣裳、首饰的店铺布满了整条街。人头攒动，他在这样的环境里有一种不真实的错觉，甚至连几日后便有可能赴死的事都显得那么的不真实。

他不怕死，如果不是壶丘先生，也许他早就死了。他这条命，有一大半是壶丘先生的，为了壶丘先生而死，他不会有怨言。只是他现在心中有了割舍不下的人，而他不知道她是不是对他也有着同样的依恋。从眼神、交谈、动作、表情上来看，也许她也是恋着他的，可他不确定，也不敢问。

没有人可以在这样的生死关头，再义无反顾地掀起一场爱恋，即便是他们这样，在江湖上过惯打打杀杀的人，也无力面对这种情爱上的剧烈起伏。他即将赴死，她亦然。

如果行动顺利，如果我们都能活下来。文立木有了这样的期盼。活下来比什么都重要。如果他们都能活下来，他会娶她，也会劝她与沈煜重归于好。在生命面前，真的什么都没有那么重要了。他会请文殊师利大师为他们的婚事念药师经，会让许名为他们做一桌饭菜，会请聂道根用他那柄小红锤替他们打一套家具，会请壶丘先生与讴先生做他们共同的证婚人。

生命赋予一个人无穷的可能性，而死亡则是这些可能性的共同结局。文立木随着冯青雯穿过米粉铺，走上厨房后面的二楼，走进凭空而生的空谷琴铺，就如同走进生与死之外的另一层人间。这琴铺不真实得就像是个梦，在这里没有生死，没有可能与不可能，只是一片梦幻的虚无。连声音都没有。一个斗笠客坐在琴案前，似乎一直没有离开过。

冯青雯与文立木坐在斗笠客的对面。斗笠客坐在那里，好像并不准备先开口。冯青雯盯着他看了一会儿，终于轻声说道：『我今天是来取这口古琴的。』

斗笠客依然没有说话，只是他身前的琴案突地移出三尺，连琴带几一起横在了冯青雯的身前。

『不用试了，这琴你拿去吧。』斗笠客的声音飘忽得像是从很远很远的地方而来。

冯青雯捧过古琴，入手的触感温润得如一个婴儿。她平生也抚过不少名琴，比如『焦尾』、『绕梁』、『浮屠』。谢吹琴那口古琴『惑众』在与她交手时也被她触碰过。但没有哪一把古琴能有此刻她手中的这尾陶唐更加鲜活，这琴似乎有它自己的生命，而且能够将这种鲜活回馈到琴师的身体中，使得琴师与它之间可以有一种微妙的交流。

『此琴由上古陶唐氏流传而来，经历代琴师之手，后入了曹魏时竹林七贤中嵇康之馆阁。世人只知俞伯牙或东海方子春一脉是音武正宗，其实大谬不然。音武道在嵇康手中才真正被推演为盖世音武六境，自余音绕梁始，经声动梁尘、大音希声，入大成境真音无相，再破大成而入玄妙境虚谷空音。五境巅峰时，举世已难觅敌手。而那扑朔迷离的第六境，即便是嵇康生前也都没有参悟，只是在他死前作广陵散时才醍醐灌顶，幡然顿悟，于死时入境，破碎虚空，屹立在前无古人的音武顶点。而这一切，全部都记录在这尾陶唐古琴之中。古琴本无生命，只是被千年来多双妙手抚触，日积月累，琴体有了感应，便会与弹琴人对话。你日后如能与此琴共鸣，有幸亲身体会前辈音武巨擘的心声，亦是一桩美事。』

斗笠客娓娓道来，声音不温不火，使得冯青雯与文立木对这口古琴顿生仰羡之情。

『敢问前辈，是否已经入了那最后一境？』冯青雯开口问道。

斗笠客沉默不言。文立木对冯青雯使了个眼色，二人站起身准备离开。斗笠客忽然开口问道：『壶丘子，他还好么？』

冯青雯转过身来，回答道：『壶丘先生很好。壶丘先生他也很挂念．．．挂念讴前辈。』

斗笠客又默然不语。文立木和冯青雯见他不言，遂退出琴铺。二人走出东门大街，文立木问她：『青雯为何不与讴先生相认呢？』

『算了，』冯青雯摇了摇头，有些遗憾地说道，『既然讴前辈不愿意现出真身，我们也就遵从他的意愿吧。知道是他就行了，也算是在最后见了他一面。』

『青雯。』文立木停下脚步，在无人的长街尽头唤她。

『怎么了？』冯青雯有些奇怪，站住了身子看着他。

『你可想过这次行动之后的日子？我是说，如果行动顺利，我们也全身而退了，这之后的日子，你可有什么打算？』

文立木很认真地看着冯青雯问出了这个问题，他也希望冯青雯可以很认真地回答她。冯青雯突然间好像明白了文立木的意思，她看出她眼前的这个男子是真的在乎这场似是而非的爱恋，他希望活下去，也希望她能活下去，那甚至是她不敢想象的将来。

她在明亮的阳光底下不知所措。最起码她不知道该如何回答他，她知道他心里也许在憧憬着一幅美好的图景，他和她的图景，可她比他多知道些事情，她知道他体内的剧毒随时都有可能吞噬他的性命，而她无能为力。谁都无能为力，除了那个唯我毒尊。

她应该在这样的时刻应承他么？还是选择决然，让他面对现实，面对自己的困境呢？

冯青雯在这时候忽然笑了起来，文立木喜欢她这样笑，如阳光与花朵一样的笑容，在夏日里还有微香。

『如果我们能活下来，你可以陪我去北地、西域、边塞，寻找在中原无法生长的花株么？』

『我可以。』文立木的声音在颤抖，他终于确认了他们的情感，他觉得此时此刻是他有生以来最开心的时刻了。

冯青雯突然回忆起来，以前曾听讴永言说过，在极北寒冷之地，或者西域边塞的雪山上，有一种花，名作『夔羽』，花瓣几近透明，在下雪的时候，雪片落在花瓣上，会有琳琅之声。夔羽之花可解世间万毒，相传百年前摄韵阁阁主宗韵古为解其弟子所中的剧毒，亲赴西北极寒之地采摘夔羽，以他之一身惊人武道造诣，也是险象环生，差点未能归来。

夔羽应当能解得了他的毒吧。冯青雯默默地在心里想。可他，是怎么会被布下这样的毒的呢？

第八章

深夜长街无人。热闹了一天的应天府在这时候是一天中最安静的时辰。打更的更夫放下手中的灯笼，坐在剪子巷口杂货铺外面的台阶上，准备趁着休息的时候抽一口烟。他刚点着了烟丝，忽然从面前疾掠过一个身影，把他吓了一跳。只见那身影三两个起落，就消失在乌衣巷里了。

李善长今日睡得早，因为明日一早，他要与徐达陪同圣上一起去汤山围场畋猎。下人叫醒他的时候，他还以为已经到时辰了。大厅里灯火通明，李善长穿上家中便服，稍作梳洗，走进正厅的时候，一个黑衣劲服、密探模样的人与左丘飞鸿早已在厅中等候。

密探上前单膝跪倒在李善长身前，低声说道：『启禀相爷，圣上今夜突发噩梦，宫中慌乱，圣上无法再寝，已派人去传张天师。小人从服侍的宫女和太监头领口中得知了噩梦内容，特来向相爷禀报。』

李善长眉头一皱，说道：『速速报来。』

『是。据说圣上梦见的是明日在汤山围场之事。圣上在围场里畋猎时，射中数头野猪与麂子，本龙颜大悦，岂料从树丛里蹿出来一个红衣厉鬼，面目惨白狰狞，手拿红色小弓。圣上大惊之下，看见那厉鬼面目好似陈友谅，便大声呵斥其为亡国之寇，有何面目再现世。红衣厉鬼一言不发，执小弓发红色小箭，箭矢正中圣上心口。圣上一惊而醒，惊魂未定，在寝宫中大发雷霆，亦似心有所惧。太监宫女们皆战战兢兢，圣上请张天师过去，应当是要以道术降鬼。』

李善长闻言沉默片刻，又对黑衣劲服人说道：『知道了，速去再探。我要知道张仲纪对圣上说了些什么，做了些什么。』

黑衣密探一低头，转身又奔了出去。李善长端着下人送来的茶碗饮了一口，对左丘飞鸿说道：『你有何看法？』

左丘飞鸿说道：『圣上必是熟读史书，又对如今天下未定之局面有忧患之心。昔周宣王杀其臣杜伯而不辜，杜伯曰：君若杀我而不辜，若以死者为无知，则止矣；若死而有知，不出三年，必使吾君知之。到了第三年，周宣王和诸侯在圃地打猎，车数百乘，随从近千人，布满郊野。正午的时候，杜伯乘坐着白马素车，穿着红色的衣袍，戴着红色的帽子，拿着红色的弓与箭矢，追上周宣王后，一箭正中他的后心，周宣王便倒在车中的弓袋上死了。当时周围的诸侯与随从皆目睹，传之甚广。这件事记载在周代的史书上，与圣上做的梦极其相似。』

李善长沉吟道：『你的意思是，圣上此梦是因为南方虽定，可北元未平，所以心中忧虑，可是圣上为何会梦见自己被陈友谅的厉鬼射中心口呢？』

左丘飞鸿缓缓说道：『相爷，陈友谅与圣上在鄱阳湖最后一站，是如何伏诛的？』

李善长似乎有所领悟，喃喃说道：『不错，那陈友谅正是被箭矢射中心口而死。』

左丘飞鸿说道：『正是。陈友谅中箭而死，是在两国交锋之中。那么大明与北元，亦是两国之针锋相对。圣上此梦，明面上是陈友谅执弓箭化厉鬼复仇，实质上则应是担心北元大军难克，大明会被北元一箭穿心，只是将陈友谅的下场套用在了圣上自己的身上。』

李善长微微点头，叹道：『有理啊有理，左丘你满腹经纶，对人之心理梦境竟可以如此推敲剖析，你若不是武者，也必是当朝一品大学士。』

左丘飞鸿笑道：『相爷谬赞了。左丘才疏学浅，只是在推己及人处有些小聪明罢了。』

李善长笑道：『你这如果还叫小聪明，那普天之下真正没有聪明人了。』他敛住笑容，问道：『依你之见，张仲纪会如何应对圣上的疑问？』

左丘飞鸿说道：『张仲纪平日里虽然多鬼神之说，可今日之梦非同寻常，依我之见，他理应导之，而非堵之，理应顺之，而非析之。伴君如伴虎，稍有一言不中听，他正一道日后想必会从应天府绝迹。』

李善长困惑道：『可如何导，如何顺呢？此梦事关明日畋猎，更事关明日圣上是否去山中龙脉。张仲纪如应对不妥，明日畋猎取消，龙脉不见，可是不利于他在圣上面前献媚呢。』

左丘飞鸿微微一笑，娓娓说道：『昔齐桓公在草泽中打猎，为他驾驭车马的人是管仲。齐桓公打猎途中，突然见一恶鬼。齐桓公大惊，握住管仲的手问他看见了什么，管仲说他什么也没看见。齐桓公回来后失魂呓语，数日不出门，似有心病。其时齐国有贤士皇子告敖，面见齐桓公说：公则自伤，鬼恶能伤公！齐桓公便问他这世间可有鬼，皇子告敖说有，草泽中的鬼名为委蛇。齐桓公问他委蛇何貌，皇子告敖曰：委蛇其大如毂，其长如辕，紫衣而朱冠；其为物也，恶闻雷车之声，则捧其首而立，见之者殆乎霸。齐桓公闻言而笑曰：此寡人之所见者也。不出半日，心病自愈。这故事里皇子告敖的高明之处在于，他并未去就见鬼一事而考据，却只是对齐桓公说，见鬼委蛇者无不是成就霸业之人。因势利导，顺心而推，则齐桓公不药而愈。若他强行考证，定要得出个说法来，一则对齐桓公的心病毫无助益，二则他自己的性命恐怕亦不保矣。』

李善长抚掌笑道：『这个皇子告敖确实不是个俗人，只是你左丘飞鸿更加不是个俗人。按照你这么说法，张仲纪想必会和这皇子告敖一般，将圣上今夜之噩梦，说成是天大的好事喽？』

左丘飞鸿说道：『即使不完全如此，也不会差得太远。张仲纪老谋深算，能在圣上身边得宠如许，自不会是一个疏于手段之人。』

二人尚在饮茶闲谈，那黑衣劲服密探又从厅外奔入，单膝跪倒在李善长身前，低声说道：『启禀相爷，得到宫内消息，那张仲纪进了寝宫一番言语，圣上居然龙颜大悦，非但不取消明日的畋猎，还吩咐明日无论阴晴雨雪，都必须准时出宫，更要携二位丞相入山中御览龙脉。』

李善长与左丘飞鸿对视一眼。李善长问道：『可打听到张仲纪在圣上面前说了些什么？』

探子回道：『说是没有听全，只听见几句话。张天师说什么红衣厉鬼是平定天下之吉兆，而一箭穿心则是圣上心系天下社稷之表徵。其余的话都不清不楚。』

李善长点了点头，说道：『你下去吧，明天去账房领赏。』

探子颔首应道：『谢李相！』转身就要离去，忽然一只手拂过他脖颈，他什么声音都没来得及发出便软倒在地，已经断了气。

左丘飞鸿对李善长说道：『相爷在宫里埋下这一步棋子，终归是有它的作用。』

李善长叹道：『可惜的是也就一次之用，还是不能冒险留下他们的活口。大内深如海，圣上身边更是深不可测，稍有不慎，行差踏错，即便是我与徐达，都难免不会有杀身之祸。』

左丘飞鸿说道：『此时我们知道的，想必徐达那边也已经都知道了。』

李善长嘿嘿一笑，说道：『明日汤山围场一行，也许真的会很热闹，很有趣。』

徐达府中书房里亦是灯火通明。书房里的人除了刘客幽、陆裁衣、褚弦之外，还多了一个瘦削的中年男子。男子面容惨白，毫无血色，似是受了内伤。

徐达对诸人说道：『看来张仲纪不但平息了圣上的惊惧，反而令圣上对明日的畋猎心生向往，必定要去一趟龙脉了。明日诸位便与我同行，自然，虚先生有伤在身，就留在府里歇息吧，待伤好之后，还有重要的事情要拜托虚先生去办。』

那个受伤的男子，正是被壶丘子震伤的刺客之皇虚中侯。

虚中侯低首说道：『多谢相爷。值此重大关口不能伺候在相爷身侧，虚某惭愧。』

刘客幽说道：『能从壶丘子的手中活着回来已经是了不起的事了，虚先生勿太过自责。』

徐达点头道：『不错，令郎可还好么？』

虚中侯回道：『小犬伤得不重，静养数日便可痊愈，只是短期内也不能动武。』

徐达不再多问，转头对刘客幽说道：『那明日就请刘先生亲点随行的武者，与我共赴汤山围场。』

刘客幽尚未说话，突然间书房里烛火摇曳，仿佛有一股随时可以生杀予夺的经天纬地之力笼罩在了这小小的书房之上。虚中侯、陆裁衣、褚弦都是第一流的高手，自能察觉到这股力量的辉煌与无匹。刹那间三人各自进入备战状态，虚中侯身形在昏暗处忽隐忽现，陆裁衣手执铁尺衣袍无风自鼓，褚弦后背箭袋里的弓矢自行激射出来，搭在他那柄灰色小弓之上。

徐达久经沙场，亦能感受到有一股非比寻常的力量锁定了自己和房中的其他所有人。他还是比较沉稳，低声问道：『是何人有此等手段？』

刘客幽本来是坐在书房里的椅子上，此时却忽然站了起来。随着他这一站，仿佛整个黑夜被掀开，替换成了宣纸的白。徽墨小字如涓滴细流抚慰人心，使得那股笼罩在书房之上的惊世之力也随之静静流散。

虚中侯等三人也松了一口气，看向刘客幽的目光里除了钦佩，还有一丝畏惧。他们自然知道，能如此潜移默化地消解掉那股气势是多么匪夷所思的手段。

刘客幽对徐达说道：『相爷请宽坐。在书房外召唤的应是左丘飞鸿，我出去看看他有何事，即刻便返，还请三位在这里伺候好相爷。』

徐达点头道：『好。』

刘客幽出了书房，跃上屋檐，只见月下屋顶的青瓦上，左丘飞鸿一身黑袍，正负手立在屋顶上观月。见到刘客幽，左丘飞鸿方从月色上收回目光，朗声说道：『刘兄别来无恙。』

刘客幽说道：『左丘会主半夜亲临我右相府，难道是想弃暗投明，归入我武者幕僚团么？』

左丘飞鸿笑道：『右相府武者幕僚团有刘兄坐镇足矣，何须再多我一个左丘飞鸿呢？一山不能容二虎，武道大能皆独据一方，分庭抗礼，即便我飞鸿会邀请刘兄加入，刘兄想必也是会拒绝的，刘兄说是不是？』

刘客幽双目如电，看着左丘飞鸿的双眼，缓缓说道：『那么左丘会主今夜前来，究竟所为何事？』

左丘飞鸿说道：『朗朗月色，仲夏凉风，你我若不是各为其主，左丘倒真的想来邀刘兄一起在应天之巅赏月，聊江湖闲话，品各家武学。只是今夜过后，圣上明晨龙驾亲至汤山围场。想必刘兄近日里也搜集了不少情报，结合毗卢寺里金光一事，不知刘兄对明日汤山围场畋猎一事有何看法？』

刘客幽目光灼灼，沉声回道：『原来左丘会主是来套我话来了。你们飞鸿会势力遍布南方半壁，什么情报收集不到，怎么会来打听我的口风？』

左丘飞鸿笑道：『刘兄误会了。只是大家各擅胜场，情报与情报之间也许亦有互补。譬如这毗卢寺密道一事，就没人比刘兄了解得更多了。如果近来的事情互有关联，那么明日之行想必便会危机重重。二位丞相随行，出了什么乱子，即便位极人臣，只怕也难辞其咎。你我为人幕僚，当尽人事，明日如果事态严峻，飞鸿会与刘兄为首的武者幕僚团兴许还要携手御敌方能化解险情。刘兄你说是不是？』

刘客幽沉吟道：『金光的身世，你们想必已经知道了，他与壶丘子以及陈理的关系，也不用我多说。左丘会主莫非是想知道密道通往的宅子里究竟有些什么？』

左丘飞鸿笑道：『刘兄若能指点一二，左丘自当感激不尽。』

刘客幽略一沉吟，旋即说道：『宅子里有什么我知道，只是与明日之事扯不上什么关系，便无须细讲了。只是我曾怀疑金光之死与应天府中的某位侯爷关系极深，只怕这密道也是他在暗中指使。这位侯爷年轻极轻，却雄才大略，忍辱负重，不得不说其很具有一代枭雄的气象。』

左丘飞鸿眼中神精芒一闪，微笑说道：『刘兄所疑之事，亦是我等怀疑之事。只是牵连甚广，不好揣测。』

刘客幽说道：『不错，是故刘某人也未强行取证，生怕扯出什么意外的线索。明日正一道、我团、飞鸿会三方人手汇聚在圣驾之侧，若各自为政，不相援手，一旦有人行刺，恐怕极易被行刺势力所乘，毕竟，』他看了一眼左丘飞鸿，继续说道，『若有人敢行刺九五之尊，必定不会是凡夫俗子。』

左丘飞鸿抚掌笑道：『正是，刘兄之言左丘亦心有戚戚焉。只是那张仲纪看着实在讨厌，左丘希望可以让他们正一道首当其冲，吃点苦头，灭灭他们的傲气，再予以援助。刘兄觉得是否可行？』

刘客幽眼中有笑意，点头道：『就按左丘会主的意思办。』

第二日清晨，大明皇宫宫门大开，有六马皇驾御车在中，前一百骑大内禁军骑兵，中皇家御车左右有正一道赞教、掌书两面大旗，旗下太清阁、上清阁一品道武士各二十人。后又有数百禁卫军骑兵，间杂以太监、宫女数十人。车马队泱泱出宫，宫门外，李善长与徐达两拨人马早已在宫门外等候。

张仲纪一骑当先，骑至徐达与李善长身前下马，对着二人施了一礼，说道：『见过二位大人。圣上此次至汤山围场畋猎有二位大人随行，昭示我大明龙驾之侧有二虎相随，龙腾虎跃，实乃我大明之大幸。』

徐达说道：『国师言重了。国师此行要身负圣上安危，您才是我大明之大幸。』

张仲纪笑道：『徐大将军南征北战，为圣上开疆扩土，定鼎中原，在我老道面前何须如此客气。』

李善长悠悠说道：『只怕这天底下此时还真没有人能在国师面前不客气的。』

张仲纪皮笑肉不笑地打了个哈哈，对李善长说道：『李相说话还是如此意味深长，委实令老道仰慕呵。』

徐达此时又补上一句：『李相只言其一，未言其二。何止是无人敢对国师不客气，能让国师客气的，普天之下除了圣上，想必也找不出第二个人了。』

张仲纪闻言一抬眼，两眼如两柄先天利剑，目光直刺李善长与徐达二人。他心中动了怒气，虽未有意伤人，但他道体精玄，寻常人承他这两眼亦是不好受。

不过这目光甫触及徐达与李善长的身子，其一如坠书墨砚井，另一如被深渊吞噬，早就消散得无影无踪，未对徐达与李善长造成半点影响。

张仲纪心中一凛，看见徐达身后有一白衣文士，李善长身侧有一黑衣玄客，知道是刘客幽与左丘飞鸿，有这二人在他们身边，确实是难加一指于其身。赞教使感受到气势波动，走到张仲纪身边耳语道：『真人，圣上下口谕即刻起行，莫耽误了时辰。』

张仲纪点了点头，与刘客幽和左丘飞鸿对视了一眼，随即转身上马，下令皇驾启程汤山围场。徐达率四百铁骑，与刘客幽、陆裁衣、褚弦三人骑马同行。李善长一袭四抬小轿，携左相府护卫十人，下人四名，及左丘飞鸿、青山依旧在、朱颜空自改、白日依山尽四人骑马随行。

皇驾御车在浩浩荡荡的随行队伍中如一座小小的陆地行宫。车身宽大，以精铁制成，箭矢难入。车身上有雕镂刻花，是以龙形配上祥云与莲花，车身以黄色锦缎修饰，一眼望去便是皇家的气势。车行八十里至汤山脚下，一路无事，至围场时已是天光大亮，车队出发一个时辰后在围场外的皇驾御用行宫驻扎下来，自有太监、宫女、随行的御厨开始准备圣上的早膳。徐达与李善长的队伍停在行宫外，收到正一道传过来的圣上口谕：用完早膳后入围场行猎，准徐达与李善长携侍从骑马共入。徐达与李善长领旨谢恩。

围场占地不小，本是一处马场，朱元璋自城东打入集庆路后发现这里依山傍水，风景尤佳，且有不少野兔，野猪，麂子之类的野物，极为适合畋猎。故定都应天后，便将此处的马场向西移了二十里，将这里定为皇家专用的围场。每年春夏二季，朱元璋都会到这里打猎，彰显大明武功。

张仲纪携赞教、掌书二使，徐达携刘客幽、陆裁衣、褚弦，李善长携左丘飞鸿、青山依旧在、朱颜空自改入围场陪同。其余人等皆在围场外等候。禁卫军分散驻扎在围场四周，以待万一有情况发生。

刘客幽身边的小书童和张仲纪身边的小道童也随着二人来到了围场，只是他们不能跟着进去，这两个小娃娃又天性好动爱玩，便只得站在围场的入口处朝里面张望。屡屡听见围场里传出弓弦声与众人喝彩的声音，两个小娃娃充满了好奇心，便问同他们一起站在围场外面的白日依山尽，里面发生了什么。

白日依山尽面无表情地看了看这一个小书童、一个小道童，冷冷地说道：『告诉你们又能如何？你们两个懂得什么？』

叫虞夏的小书童听了不服气，噘着嘴说道：『哼！我家主人可告诉我好多事情哩！』

叫楚儿的小道童有些好奇地看着白日依山尽，奶声奶气地问道：『大哥哥，为什么你和我们一样也站在外面？你主人也不带你进去吗？』

白日依山尽怒道：『荒谬！你以为我和你们一样么？』

楚儿点头道：『嗯！我看你长得白白净净的，没准儿也是被买来当．．．当小剑童的。』他看见白日依山尽左手里拿着一柄长剑，便脱口而出『小剑童』。

白日依山尽喝道：『休得胡言！』

楚儿一惊，吓得躲到了虞夏的身后。虞夏有些生气地盯着白日依山尽，忽然想到了什么，从怀里摸出来一块令牌，令牌上刻着一个『幽』字。他把令牌举到白日依山尽眼前，说道：『你看！我有这个！』

白日依山尽冷笑道：『你这令牌对我可没用。』

虞夏摸了摸脑袋，皱眉道：『咦？真的哎！我瞧别人看我拿着这个令牌都吓得半死，怎么对你就没用呢？』

白日依山尽心中好笑，觉得这两个小娃娃真是童言无忌，一下子也没了方才的冷峻。他淡淡地说道：『我可以告诉你们里面发生了什么，不过你们听完了就到一边玩去，不要来吵我。』

楚儿从虞夏背后露出半个脑袋，小声说道：『什么？』

虞夏回道：『好啊，你告诉我们啊。』

白日依山尽说道：『圣上在里面拉了八次弓，三箭射中，四箭落空，还有一箭似乎是射在了树桩上。落空的四箭之后还有四箭补上，全部命中，似乎是褚弦出手收尾。』

虞夏惊道：『咦？你都能看见么？为什么我们什么都看不见？』

白日依山尽淡淡地说道：『我也看不见，这是我听出来的。』

楚儿瞪圆了眼睛，小嘴巴卷成一个涡，惊道：『大哥哥耳朵好厉害哦！难怪你耳朵生得这么大！』

虞夏赞同道：『是啊是啊！大耳朵啊！』

白日依山尽冷冷地说道：『你们现在听完了，可以到旁边自己玩去了。』

两个小童吐了吐舌头，跑到一边去了。过不多时，有皇驾的随从从里面出来宣告：圣上开弓八次，八箭全中，猎得野兔两只、麂子两只。驻扎在围场之外的禁卫军三呼万岁，声毕，皇驾随从又宣告：圣上龙颜大悦，要再猎半个时辰。半个时辰后启程汤山龙脉。

半个时辰弹指即过。张仲纪、徐达、李善长出来时，带着圣上猎杀的三只野兔、两只麂子、一头野猪，昭示给围场外的人看，顿时欢声雷动，高呼万岁声此起彼伏。圣上在张仲纪的陪护下上了皇驾马车，全体出发去往山中。

李善长与徐达策马同行。徐达说道：『李相，山路狭窄，林木繁多，易于埋伏、刺杀。禁卫军虽众，但在山道上根本施展不开。李相可有何打算么？』

李善长诧异地回答道：『徐大将军如此骁勇善战，怎么还请教起我这个文官了呢？真是不敢当。』

徐达说道：『我虽善长带兵出征，但两军对垒，皆在平原坦途，甚少有在山道上开战的。且要论伏击、暗杀，谁还能比得上李相呢？』

李善长眼中怒意一闪，随即哈哈笑道：『徐大将军真是爱说笑话！我区区一介儒生，哪里懂得什么荆轲之道！』

徐达冷冷地说道：『李相就别这么谦虚了，此次事关圣上安危，还是请您开金口说些意见吧。』

李善长瞥了他一眼，悠悠说道：『山道狭窄，林木繁多，是弊也是利。虽适合掩藏，但一旦刺客露面，在狭窄地势被我军围困，也绝难脱身。为了圣上的安危着想，我们只需将手下的武者以小圈层环绕在圣驾四周，当可保万无一失。』

徐达闻言道：『不愧是李相，果然思维缜密，令徐某人汗颜。』

李善长冷冷地说道：『徐大将军只怕早就想好了，只是借我的口说出来罢了。』

徐达笑道：『这说的是哪里话？李相莫埋汰我。』

大队人马行至山下，果然山路狭窄，六马皇驾无法通行。张仲纪遂安排下人们抬来一顶四人小轿，圣上从御车上下来乘轿上山。正一道众人围护在轿子四周，徐达与李善长紧随其后，并安排青山、朱颜、陆裁衣、褚弦四人错落分散在正一道众人之中。一行人马上山，果然山中郁郁葱葱，飞鸟不绝。唐有王维咏《鹿柴》一诗描绘山中景色，于此时正相宜。

空山不见人，但闻人语响。返景入深林，复照青苔上。

遮天蔽日的高大树木挡住了山外的暑气，就连禁卫军们都觉得，这里也许真的是大明的龙脉，可以荫蔽大明的万世基业。

当先一人是正一道太清阁的道武士。他深得太清阁首席执事的赏识，此次被挑选出来作为圣驾护卫亦使他觉得荣幸至极。他身手不弱，在江湖中也平息过几次小帮派的纷争，今年很有希望参与太清阁的执事选拔。

他也是第一个发现情况不对的人，因为在上一刻他眼前的山道上还空无一人，可是就这么眨了一下眼，他的眼前竟然就多了一个席地而坐的女子，且在女子的身前还横放着一尾古琴。他立时警觉起来，高声喝到：『什么人？』

女子并未回答他的话，只是待他又走近了两步的时候，将双手十指按在琴弦上，轻轻一拂。霎时间整个山林间的气息仿佛都被抽空了一般，领头的道武士眼前一黑，似乎被这一记琴声惑乱了神识。

一道斧影闪过，只见为首一排的三名道武士的头颅全部冲天飞起。刀光接着斧影掠出，第二排的三人连哼都没哼一声，也倒在了如雪光的刀下。

排在最后面的禁卫军都听到了这一记琴音，于是所有人都觉得眼前一黑，数百人的队伍竟然在刹那间失去了意识。所以当前排六人被突如其来的刺客杀死的时候，后面的人居然都不知道发生了什么。

当然，并不是所有人都被这琴音给震住了。

弓弦声响，一支短箭穿过众人的缝隙，以一个奇诡到无人可以想到的角度射向持刀斧之人。弓弦有声而箭无声，箭矢刚刚射入持刀斧者身前攻击范围内的时候，突然一旋，箭头斜过，恰好避开了长刀的斩击，竟朝着另一个方向继续前突。

这种弓矢技艺，寻常人连听都没听说过，却也只是一箭门门主褚弦在骤遇袭击时的仓促出手。箭没有能再向内突刺多远，因为一柄巨斧已及时绞碎了它。

女子仍坐在地上，双手抚琴，林木颤动，禁卫军与所有道武士依然如坠梦里，不得恢复神智。

衣袂声动。就在刀斧客对付褚弦那支小箭的时候，陆裁衣已跃过他头顶，手持铁尺，一尺就往弹琴女子的头上劈去。

女子不为所动，刹那间却有剑影一闪，一柄软剑自她腰上飞出，迎风笔直，朝着陆裁衣手中的铁尺截去。剑尺相交，未发出半点声响。

陆裁衣只觉得剑身上有不明的细微颤动，竟在交击时吸取了碰撞的声音并以音化劲，向着自己袭来。

他铁尺一横，双手俱搭在尺上，平平推出，似乎是在为谁丈量着衣裙的长度。只有那女子知道，自己剑上的音劲像被人硬生生从这个世间裁切抹去一般，匪夷所思地就化归无形。陆裁衣一杆铁尺号称『一尺之裁，日取其半，万世不竭』，竟然连音武道的音声都逃不过他的裁剪。

此时，距离那六个道武士被杀，才不过过去了一个弹指的工夫。这四人兔起鹘落，交手过招快如鬼魅，在常人看来也不过是眨了下眼，可他们却已深知自己的对手绝对都是武林中第一流的高手。

琴音不绝，流淌山林，除了卓绝的武者，其余人都已经进入了如梦似幻的状态。一条灰色的身影快得如风驰电掣般欺近那顶小轿，还隔着两个人的时候蓦然一柄小红锤自那灰衣人的手中挥出，惊艳得如同一个美人嘴里咯出的一口旷世飞血。

『放肆！』轿旁一声低喝，一个白袍道士跃出，拦在小红锤之前，从怀里掏出一本看上去普普通通的道经，以书作器，硬接了这一记灿烂无比的锤击。

那看上去势莫能当的一锤，竟被这本道经接了下来。

红锤尚未收回，白袍道士身旁一个蓝袍道士也低喝了一声：『大胆！』蓝袍道士的身形比他的声音都快，这一声『大胆』还未传入持锤人耳中的时候，他那如紫府神雷一样的攻击已经袭到了持锤人的耳侧。

耳侧有重穴，且双耳灌脑，被这一下击中，不死也是终生疯癫、痴呆残废。

持锤人似乎并不打算避让，因为他知道会有另一个人帮他接住这一招。

『阿弥陀佛！』蓝袍道士的攻击果然没有触及到持锤人的耳朵，只因他发现他的手掌被一根手指挡住了。手指长在一只手上，而手的主人，是一个看上去慈眉善目的老和尚。

蓝袍道人略显惊讶。他反应奇快，刹那间又连出三招，皆被老和尚以一根手指接住。蓝袍道人毫不迟疑，右手递出，竟也是指法，一击三指，是正一道最高指法『一气三清指』。

一指玉清、一指上清、一指太清。指力过半，玉清化原始劲，上清化灵宝力，太清化道德气，指力吞吐，变幻莫测。

老和尚左手持戒在胸，右手也是三指递出，是禅武最高指法『如来三身指』。一指法身、一指应身、一指报身。指力过半，法身化毗卢遮那，应身化释迦牟尼，报身化卢舍那，指力堆叠，莲华盛放。

二人指力相击，不分伯仲，只听『啵啵啵』三声，蓝袍道人与老和尚俱身形微晃，谁也没有能前进一步，也都没有后退半步。

此时距离这场刺杀的开始，只过去了两个弹指的工夫。抚琴女子与刀斧客从队伍的前端发起袭击，持锤人与老和尚正对着轿子的方向突进，而轿子的斜后方，一时间就成为了防范较为疏松的地方。一个旋风般的身形倏忽从斜刺里欺入，众禁卫恍若未觉。这人就快冲到轿边的时候，突然发现身前多了一个青衣人。

青山依旧在，朱颜空自改。

青衣人所站立的地方十丈之内青气弥漫，他仿佛是汲取了这天地间所有青铜之气的皇者，他人所过之处，即便是空无一物，也会留下典雅至极的青气。除了飞鸿会青门门主青山依旧在，还有谁能舞出这炉火纯青的『皇青国气』？

斜刺而来的年轻人面对着铺天盖地的青气并未显出畏惧之色，相反，他的眼中竟有一丝期待。年轻人冲入皇青国气的重围，一拳击出，虚幻莫名，青气似乎寻到了势均力敌的对手，纷纷朝着拳劲的锋锐处汇聚。青山的一拳也与这个年轻人的拳头触到了一起。

双拳交击。二人的拳头处似乎产生了些虚幻不实的漩涡，使得古朴典雅的皇青国气居然也似无处下手。年轻人拳劲涌动，在一弹指里与青山对攻六拳，二人皆全力施为，青山身后青气纵横，而年轻人的身体也变得越来越朦胧。

一杆长枪如火焰般燃烧。朱颜空自改到了，一出手就是他的『朱颜不改』枪法，悸动的心情如朱赤侵略，枪尖所到之处，连草叶都泛着火光的红。

与长枪一起袭至的，还有一柄白色的、细细的剑。剑身并不是白色的，然而剑招却在视野里显得苍白、留白、空白。剑身也并不是细细的，只是剑太快了，擦碎了风，揉碎了目光，所以在别人的眼中，剑身仿佛是细如针尖。

白日依山尽也到了。

年轻人正在以自己的太虚幻劲与青山依旧在的皇青国气硬拼，无暇也无力再应对这一杆赤焰如火的长枪与这一柄随时好像都会消失在敌人咽喉处的剑。

然而他却没有丝毫退缩。因为这一杆枪和这一柄剑没有能够击中他，却是刺入了两个全身都被黑衣黑布遮盖的躯体里。

朱颜的枪像是刺入了一团棉花，软软地不受力；白日的剑却像是扎进了一个漩涡，内里的搅动之力好似要夺下他这把剑。

此时，距离这场暗杀的起始，只过去了三个弹指的工夫。而这场暗杀，正是由壶丘子发动的『覆巢行动』。他对朱元璋一方的人手实力估测得很准，也得到了内线提供的准确时间、地点。行动将他们的人分成五个梯队。第一个便是由冯青雯和文立木二人组成的头部袭击。冯青雯以陶唐古琴震住山中的禁卫军及道武士，文立木负责伺机砍杀，但他们只是为了吸引头部的战力，比如褚弦与陆裁衣。

第二个梯队是聂道根与文殊师利组成的轿身突袭。这二人武功极高，一出手就吸引了正一道掌书、赞教二使，然而他们也不是刺杀的主力。

第三个梯队由许名及那两个黑衣人组成。从圣驾的斜后方突刺，由许名硬撼青山依旧在，那两个黑衣人分别对付朱颜与白日。他们依然只起吸引和协助的作用。

第四个梯队和第五个梯队都以一人为一队，分别是壶丘子自己和负责主杀的沈煜。壶丘子一人要牵动张仲纪、左丘飞鸿、刘客幽三人的注意，而沈煜要抓住千钧一发的时机对朱元璋进行绞杀。

刺杀行动已经过去了三个弹指的时间，前三个梯队已悉数登场，也达成了他们的任务：吸引注意与战力。

第四个弹指刚刚开始的时候，场中无声无息地出现了一个灰衣人。他的出现如同林木生长在山中一样自然，即便他上一刻还不在那里，但是这一刻他无端地出现，也并不会让别人觉得有任何的突兀。

灰衣人似乎已与这片天地融为一体。他没有停留在他出现的地方，而是缓缓地向前走去。他的行动看上去很缓慢，却在两步间就到了那顶轿子的旁边。徐达在他出现的时候目光就奇异地被他吸引，片刻后沉声叫出了他的名字：『壶丘洞天！』

他还记得那一次在战场上这个人如鬼神一般的举止，似乎这个人给那天在场的每个人心中都留下了沉重的阴影。

李善长循着徐达那忿恨的眼神望去，也看到了急速欺近的壶丘子。他有些焦虑地对站在他身侧的左丘飞鸿说道：『左丘，圣上有危险。』

左丘飞鸿淡淡地说道：『相爷莫急。圣上身边有国师呢。』

壶丘子一伸手便能触到那顶轿子。他缓缓地伸出手去，却忽然在中途转了方向，与另一个人伸过来的手对了一掌。

张仲纪不会让壶丘子接触到那顶轿子。他已入了太上道武的随心所欲境地，自认为放眼天下已没几个人是他的对手。即便是壶丘洞天，他也丝毫没有忌惮。二人对了一招后，皆出手如风，在半个弹指内拳掌腿连续十数记硬撼，果是不分轩轾。

壶丘子笑道：『相传张天师已习成冲虚道体，今日一见，果然名不虚传。』

张仲纪说道：『壶丘子举重若轻，未出全力，老道这些粗浅功夫哪里入得了眼。』

二人说话之际，白衣掌书使突猛攻数招，逼退聂道根，自己旋身折返，一书就往壶丘子的背后砸去。那边蓝袍赞教使也是袍袖一拂，龙虎罡风吹得文殊师利往一侧避过，他也趁机回转，如一道雷电般劈向壶丘子的头顶。

壶丘子面对张仲纪，身后是掌书、赞教二使的攻击，却淡然地似在山林间漫步。他微微一笑，反手对着掌书使一指，说道：『奇技。』瞬息间又对着赞教使一指，说道：『淫巧。』二指分点向二人，却连头都未回。指劲如灵隐上飞来峰，将掌书、赞教二人连人带招式地重又推回到聂道根与文殊师利身前，分毫不差。

文殊师利见他这两指，不禁叹息一声，说道：『阿弥陀佛！金粟如来这大光明转法轮指委实是连冥府地狱都能推去极乐净土的指法。我文殊师利自问一生精研三身指，在他面前却还是小巫见了大巫啊。』

徐达察觉到身后的刘客幽在见了这两指后似乎气息一动。他转头看向刘客幽，只见他双眼有异彩，于是问道：『刘先生要出手了么？』

刘客幽应道：『相爷果然了解我。』

那边李善长觉得身侧有异动，他转脸看向左丘飞鸿，发现他身周的气息似乎都在被他的身体吞噬，这才微微一笑，问道：『左丘，你终于想出手了么？』

左丘飞鸿目中光芒闪烁，语气却淡淡地说道：『一敌难求，左丘确实技痒了。』

文立木在人群中穿梭，所过之处，皆人首分离。他知道与弓箭武者交手，最重要的就是拉近彼此之间的距离，使得弓箭武者无从射出箭矢。所以他如一个专门收割人头的恶鬼向前推进。一排排的道武士倒在他的刀斧之下，冯青雯的琴音一直控制着他们的心神。然而他却意外地发现自己与褚弦之间的距离非但没有缩短，反而有渐渐拉远的趋势。

褚弦如一根深埋在地下的旗杆一样站在轿子的前面，从背后的箭筒里抽出了第四根箭矢。第一箭他在遇袭时仓促出手，轻易地就被文立木的巨斧粉碎。第二箭他立定了身形，箭如一根冲天而起的巨木般射出，也被文立木以双手刀斧截断。第三箭他不但立定了身形，而且将自己的心神也平定了下来，宛如后羿教导其弟子逢蒙在黄昏下的暗室里以弓矢射中飞蝇的翅膀那样的安定。褚弦的第三次拉弓如一阵风，带起了山间林木的哗然，箭矢却如一瀑激流，在这山林间势如破竹地袭到文立木的胸前。

文立木劈出了五刀三斧方才止住了这一箭的余势。他的双手被这一箭之力震得几欲麻木。所以他开始往前推进，试图欺近褚弦的身侧以迅雷之斧砍断他的弓矢。然而他发现褚弦的第三箭竟然将他身前所有的道武士以及道武士所处的位置都往前推移了出去。所以尽管他砍杀了这些道武士并往前迈进了一段距离，可仍然没有靠近褚弦。

褚弦的第四箭射出来了。文立木看着这第四箭似一位巨大的天宫力士般将自己与他之间的这片山林都推了过来，这才意识到褚弦的弓箭术已不是简单的命中，而是可以将一片天地、距离都连带着成为他射出的箭矢的一部分的弓箭至道。

分曹射覆一箭门。身为一箭门的门主，当今武林弓箭武道第一人，褚弦的箭道已经超出了大部分江湖人对箭术的认知。

第四箭携裹着一方天地的实质，沉重滞涩得仿佛一片海洋。文立木迎着这片不知深浅的箭劲气海，蓦然间抡起双臂如大风车，沉声大喝，双手刀斧对着这第四箭抛投了出去。刀在空中飞舞，斧在林间闪烁，左刀右斧之绝技居然不在双手，而是这脱手而出的投技。

箭矢与刀斧在空中相会。两股无形巨力在林地间膨胀开来，似乎有一下低低的爆裂声。箭矢瞬间炸开，刀与斧也被这一箭的推力推回，甚至就连文立木自己，亦被推回到本来的位置。刀斧比去时更快地返回，文立木伸出双手揽住，身躯一震，嘴角流下一行鲜血。

褚弦在第四箭上便已经伤了名震江湖的双手刀斧大家文立木，而他的箭筒里一般都携带着十五支箭。弓箭武者亦非可以无穷发箭，与敌对战时每一箭都倾注了弓箭武者莫大的气力与心神。将自己一身精、气、力寄托在十五支箭上，已是褚弦可以做到的极限。在围场里他用去了四支箭，此刻又用去了四支，其时他的箭筒里还余下七支箭。褚弦的箭矢与寻常弓箭手所用的箭矢不同，箭身短小精悍，通体以玄冥木制成，箭簇乌金黑铁包裹，体型虽小，却比寻常箭矢要重。

褚弦探手再入箭筒，他即将发出此战的第五支箭。

冯青雯察觉到文立木为褚弦第四箭所伤。她忽然从地上站了起来，双手离了琴弦，然而琴弦已然自抚。真音无相之巅峰与器无间，已被她完全操控自如。陆裁衣的铁尺看上去平平无奇，实则却自成规律，竟可以将别人的招式、力量、快慢、气韵全部削减。冯青雯不知道他的这套武学如何形成，只觉得陆裁衣宛如一个经验老到的裁缝，将别人的武学量体裁衣，直至减损到一针一线的地步。

冯青雯右手一招，在空中飞舞的软剑重回她的手中。陶唐古琴悠悠，而她的手里却握着一把音武之剑。软剑在她手中似是另一件乐器，她挥剑亦如弹琴，剑击在尺上也似鼓瑟。冯青雯此时将自己对音武的体悟发挥到极致，她几乎是以自己触到的所有物件化作音声武器，甚至是将自己化作了器引。她以自己的身姿和动作吹、抚、拨、敲整个山中林地，肆意地仿佛整片山地皆是她手中的竹笛。

鸟去鸟来山色里，人歌人哭水声中。深秋帘幕千家雨，落日楼台一笛风。

冯青雯在这汤山龙脉古道里作音声为武，为舞，誓要将陆裁衣击溃，然后去与文立木一起对付褚弦。

然而陆裁衣的武功，才真正是徐达麾下武者中最深藏不露的一个。名义上，虚中侯被刘客幽招揽后成为了第二顺位的角色，然而刘客幽曾评价过陆裁衣道：陆先生不争第二，只因他也将自己裁成了短衣。然而裁缝之能非只在裁，还有缝纫与编织。

刘客幽对陆裁衣的评价几乎已是在说，如果陆裁衣想要争这第二号人物的话，即便是虚中侯，只怕也不一定就保得住这个位子。

更何况，到目前为止，陆裁衣还没有显露出他的缝纫与编织。

面对着冯青雯的剑招与音武技，陆裁衣深吸了一口气，忽然从左手里探出了一枚缝衣针。这枚缝衣针很大，比寻常家里妇人用的缝衣针大了足足五倍有余。他右手铁尺切入了冯青雯攻势的裁断处，左手的针倏地一下就没了进去。

冯青雯在那一刻觉得，笛子被缝进了风里，琴弦被缝进了剑柄，所有环绕在她身周的音武矛盾皆被缝在了一起，甚至连这片山林都被陆裁衣的这枚缝衣针缝进了一只飞鸟的羽毛之中。

神乎其技。冯青雯在那一刻心里浮现出的想法就是这四个字。

陆裁衣左手缝衣针，右手裁衣尺，顷刻间将冯青雯的所有攻势搅得混乱不堪。冯青雯几乎已不知道自己下一步该作何攻击。古琴陶唐悠悠，然而抚琴的人已顿失方寸。

陆裁衣如同一个量裁缝织的老匠人，他将对手的武技与心智全部按照自己的意愿切削、重组、编织，一旦他的对手陷入了他构筑起来的意境与知脉，则无论武功多高，都会败在他的手下。江湖人所罕知，陆裁衣正是这么一个擅长战胜比自己更强对手的武者。

琴音与剑技混淆，音武与体武互击，冯青雯一时间体内经脉劲气紊乱，哇地一口血就喷了出来。

陶唐古琴也渐渐地平息了下去。被琴声惑乱心智的道武士及禁卫军们逐渐有了苏醒的态势。

褚弦的第五箭如一尾游鱼般穿过人群，重重地轰在文立木遮挡在身前的刀斧上，将文立木连人带兵器推出数丈远，直至撞在路边的一株老树上才止住了去势。文立木倚着树干微微喘息，褚弦却对陆裁衣喊道：『陆先生！请陆先生速速返回徐相身侧，刘先生就要出手了！这二人交给我便可！』

轿身斜后方，许名与青山依旧在仍然在以各自的劲气对攻。太虚幻劲本为壶丘子师父所创，壶丘子到三十岁时未习此功法，却将之传给了自己最小的弟子许名。人习武亦需因材施教，不可强求。许名生性没有沈煜那么刚烈，也没有卢御寇那么消沉，机灵跳脱，不执一端，却偏偏就适合修习这太虚幻劲。太虚幻劲一半虚幻莫测，一半劲气雄浑，若没有这样虚实相间的性情，极难能练出什么名堂来。许名却一学就会，一会就精，二十五岁之龄已是江湖上劲气一支的翘楚。

不过许名此时发现，与他对敌之人的劲气，似乎是永远无穷无尽一样地滚滚而来。皇青国气本来古朴典雅，王者风范，在青山依旧在手中使出来，却演化出了横亘古今的绵长。浩瀚如苍穹的青气与他的太虚幻劲对击了二十余下，丝毫没有衰退的趋势，反而愈发沛莫能御。

朱颜与白日还在与那两个黑衣人缠斗。许名听见褚弦对着陆裁衣的喊叫，也知道冯青雯与文立木受伤败退，他心中一急，太虚幻劲有了缺口，绵密无匹的皇青国气趁虚而入，青山已在他的胸口印了一掌。

许名退后十步，颓然坐倒，一口鲜血吐在了身前的土地上。

青山依旧在没有追击，却掉头往李善长处掠去。他上一刻已听见李善长身边护卫的传话：速速返回护在李相身侧，左丘会主要出手了。

徐达身边白衣人影一晃，刘客幽已不在其身侧。陆裁衣振衣而返，站在徐达身后，只听见徐达悠悠说道：『每见刘先生出手，都觉得我徐某人一生戎马，都不过是小儿提剑罢了。』

刘客幽身形展运，却不是去往壶丘子与张仲纪的方向，反而是先来到了赞教使与文殊师利的战局。赞教使心中一动，刘客幽已从他身边闪过，有一声低语传入他耳中：『助你一次，就当刘某为当日毗卢寺之事赔礼吧。』

文殊师利全身金刚能断不坏体，在赞教使紫府神雷般的攻击下亦不损分毫，如今忽然眼前一闪，一个白衣人手执缥缈墨剑袭来，墨剑没有剑光，却在刹那间破了他身前的护体罡气，直入中门。文殊师利如中雷亟，知道再凭指法已不能阻挡，蓦然间袈裟鼓荡，头顶佛光三丈，背后亦似有文殊师利菩萨身影加持。他口中喃喃念道：『「以轮回心生轮回见，入于如来语寂灭海终不能至。』

文殊师利在刘客幽墨剑之威下，发动毕生禅武之终觉大寂灭海，只见他身周无数灵宝莲花闪灭，如一个小小的涅槃世界。

墨剑无悔，亦不灭。墨光划过大寂灭海，破我执、他执、灭执、不灭执、轮回执、涅槃执，碎莲华、法器、宝伞、灵珠、陀螺。墨剑破碎所有文辞语言所达至的境界，使千古人心人言皆归枯墨。

赞教使只见漫天佛光熄灭，文殊师利在大寂灭海中穿越三千大世界，而刘客幽只以一点墨渍相随。点点墨迹分开，文殊师利所过世界尽皆垮塌，一刹那即一生，无穷转生亦是一刹那。弹指后文殊师利抚胸飞退，而刘客幽早已不在当场。

他见战局胜负未定，便决定先稳定局面，再去寻壶丘子一战。

青山依旧在回到李善长身侧的同时，左丘飞鸿的人也已经到了聂道根与掌书使之间。聂道根一柄小红锤已经砸出了真火，他挥舞起自己这柄可以断人道根的利器，就像挥舞起这茫茫人世间的十丈软红。红尘如山锤如海，聂道根将毕生所学注入这一记锤击之中，也是因为他察觉到突然出现在他眼前这人玄奥得就像他师兄一样令他揣摩不透。

左丘飞鸿双手缓缓划开，其形如一，其神亦如一。在他身后的掌书使只看见万物分解，山川、大海、渊谷、鸟兽、鱼虫、人鬼、仙神、道佛、阴阳，皆如万山崩碎，尘土飞扬，转入天地一炁，元始无极。

聂道根觉得自己这势在必得的一锤恍若砸进了扑朔迷离的漩涡。前途是什么，不见；退路是什么，不知；此时此刻又是如何？茫然无措。小红锤如被万古长空之源头吞噬，聂道根一下子失去了万钧之力，仰头一口鲜血喷出，往后退出了战局。

掌书使回过神来，左丘飞鸿的背影已不知所踪。

左丘飞鸿与刘客幽所见相同，都要先令战局胜负显现，才有与壶丘子一战的余裕。二人皆出手一招便重伤了刺客中的两员大将，看上去轻松容易，其实刘客幽方才以墨剑破文殊师利大寂灭海实是毕生功力之体现，没有半分隐藏。他知道文殊师利武功高绝，故一出手便是全力。左丘飞鸿亦然。聂道根小红锤名震武林，他若不是一招间就全力以赴，也不会如此迅速地就能拿下聂道根。

刘客幽与左丘飞鸿知道刺客门的目的是圣驾，所以不能和对手缠斗下去。当下敌方两名最厉害的高手溃败，只见一黑一白两道身影在战圈中划过两条对称的弧线，同时往壶丘子与张仲纪那边掠去。

壶丘子面对张仲纪依然气定神闲，虽然他已省察了聂道根与文殊师利二人的失利，并且知道在下一个弹指间刘客幽与左丘飞鸿就要袭至。他对张仲纪微微颔首，淡然说道：『张天师，得罪了。』

阴阳二气一现，这山地之间恍惚有日月球轮一闪。人影乍合又分，张仲纪斜斜地落在轿边，整个人气息不定，似乎是受了伤。

正一道万世师尊，太上道武随心所欲境武者，生平未逢一败的护国法师张仲纪，居然在壶丘子的手下输了一招。

这一下变化极快，近前无人看得出到底发生了什么。壶丘子未等张仲纪调息平复，忽地又伸出左手牵引，竟把张仲纪扯离轿边，他自己亦腾身而起，往轿子的远处纵去。

正在此时，刘客幽与左丘飞鸿也到了！

一人白衣如雪，缥缈而至；另一人黑衣玄微，如道亲临。二人在空中截住壶丘子，三人落下地来，张仲纪半途被刘客幽与左丘飞鸿的身形接连撞开，落下地时竟然比之前伤得更重了。

二人看都不看张仲纪一眼。刘客幽对壶丘子说道：『壶丘先生以一指对掌书赞教二使，武道之精深，实为刘某近年来之仅见。』

左丘飞鸿亦道：『壶丘先生以阴阳日月之大势破去张仲纪太上道武之冲虚，真正步入道法自然之妙境，实是左丘近年来辗转难求之对手。』

壶丘子淡然说道：『能得二位如此夸奖，我壶丘洞天夫复何求。江山代有人才出，一代新人换旧人。二位居当世三大绝世武者之二，亦如我当年与华西楼、讴永言并列江湖三圣武一般。武者登临道境巅峰，绝仞孤立，与旷世文人在灯下诗友难求的心境实无二致。我壶丘洞天能在此时此刻与二位交手一战，也不枉我这一世的武道修行。』

左丘飞鸿说道：『我二人绝无联手对战壶丘先生之意，即便此时有皇命在身，可我相信刘兄与我一样，只愿与壶丘先生单战。』他看了看刘客幽，刘客幽微微点头。左丘飞鸿继续说道，『所以，刘兄先与壶丘先生交换三招，再换左丘与壶丘先生应证武学。』

壶丘子对着二人深施一礼，说道：『多谢二位。』

在场所有人的注意力此时几乎都集中在了刘客幽、左丘飞鸿与壶丘子的身上。壶丘子此时再无藏私，他一步踏出，左手指天，右手指地，脚步落下时仿佛地动山摇，众人只觉得山林间斗转星移，一轮红日从树林中冉冉升起，一轮明月亦从水涧中悄然化形。

壶丘子面对刘客幽与左丘飞鸿，施展出数十年来性命交修的神秘武学：壶中日月，丘壑洞天。

就在众人被这华丽伟岸的武学功法震撼得说不出话的时候，一条娇小的人影如一支快箭般闪至轿子的旁边，在无人阻拦的情况下，一手狂暴如火，一手冷漠如冰，双双击打在了轿身上。

这一下变生肘腋，连刘客幽和左丘飞鸿都没来得及反应。

掌力击中了轿子，轿身上的帘布如被大火焚烧，轿子的扶手却如被万年冰雪冷冻，轿中人一声惨呼，整顶轿子被击得飞了起来。

『不好！』徐达与李善长皆心神一颤，遥遥地望着那顶轿子，一颗心瞬间就落了下去。

刘客幽与左丘飞鸿刚要展运身形，却听见耳畔壶丘洞天的声音响起：『二位还是先接下我这一招吧。』

他竟是要以一人之力，拦住这两大绝世武者。

褚弦的第六箭不是对着文立木射出的，而是直奔伤了静脉的冯青雯。这一箭比第五箭力量更大，速度更快，也更刚猛。箭矢没有绕过人群，而是直直地射出去，中途有道武士或者禁卫军拦在箭前，居然被箭矢带着一同射向了冯青雯。无往不利、无坚不摧的一箭。褚弦余下的十一支箭矢已过其半，他整个人的状态已经调整到巅峰。之后的每一次弯弓出箭都会是他的经典之作。

冯青雯想躲开这一箭，奈何体内真气乱窜，竟然是闪不开了。

倏而林中有人吹笛。笛声一起，整片山中的时光似乎都慢了下来。冯青雯听到笛声先是一愣，继而两行清泪就流了下来。

褚弦那势无可匹的一箭，连带着箭簇上穿着的活人与尸体，如一条巨蛇飞至冯青雯身前。

箭矢的前面多了一支竹笛。竹笛一声器音，褚弦的第六箭突地斜飞出去，不知飞到山间的什么地方去了。

褚弦瞳孔一缩，如临大敌。他还从未遇到过有人仅仅以一支竹笛的气声就能轻描淡写地化解他巅峰一箭这样的情况。竹笛在一个麻衣人的手中。麻衣人站在冯青雯身前，往前迈了一步。褚弦往后退了一步。麻衣人又往前迈了一步，褚弦再往后退了一步。

麻衣人迈出第三步，褚弦长叹一声，飞身后撤，赶往那顶被击飞的轿子处去了。

冯青雯颤声道：『讴前辈．．．』

麻衣人缓缓转过身去，看着冯青雯的面孔，对她说道：『我是来带你回去的。』

冯青雯哭道：『可是讴前辈，壶丘先生他们．．．』

讴永言打断她的话，沉声说道：『壶丘子选择了他自己的道路，死而无憾。我们也有我们自己的路走。』

墨剑纸刀与一双分解万物的归一之手同时切入壶丘子的日与月。无数轮烈日死去，无穷明月破碎，但仍有无数日月诞出，前赴后继，宛如在这小小的山道上开辟出了另一个大千世界。壶丘洞天全力施为，整个人都似要放射出光芒一般，对着刘客幽与左丘飞鸿倾诉着他的武道至境。

墨剑成了斩日的剑，纸刀成了切月的刀。一双可以颠倒众生的双手攫住日月所处的瓶颈，将这个可以自成一方天地的壶搓捏成灭入造化的尘埃。壶丘洞天一身武学震慑全场，但很可惜的是他面对的是刘客幽与左丘飞鸿的联手。

三人身影分开，壶丘洞天抚胸喘息，看上去是受了不轻的内伤。左丘飞鸿轻叹一声，缓缓说道：『事态紧急，若不是我二人联手，换任何一人独战壶丘先生，都未必能胜。』

刘客幽亦说道：『壶丘先生一身惊人武学修为，何不投靠大明，换取万世威望？』

壶丘洞天微微摇头，喘息道：『好意心领，只是我与陈皇，是过命的交情……』

他三人交手时，偷袭成功的沈煜被张仲纪、掌书、赞教二使以及褚弦围攻，早已险象环生。她武功虽高，可毕竟孤军奋战，张仲纪等人又是顶尖的人物，她渐渐地就要淹没在众人的强攻之下。

蓦地一人飞身而至，脚踩日月，拳扫星河，将张仲纪等人全部逼退，却没防住褚弦从身后射来的箭矢，箭矢入体，被他真气震断在体内，来人喷出一口鲜血，左手一挥，箭头飞返褚弦，褚弦大骇之下闪身避让，箭头擦过他的肩膀，褚弦却如被重锤击中，整个人抛飞出去。

壶丘洞天见到沈煜遇险，飞身过来施救。他抓住沈煜的肩膀，低声说道：『干得好，我们的任务总算是完成了。』

张仲纪忽然仰天笑道：『你以为轿子里的是谁？圣上怎会被你等卑鄙小人所刺？』他一把掀起轿子，只见轿中蜷缩着一个与朱元璋极为神似的男子，早已咽了气，却不是朱元璋本人。

壶丘洞天瞳孔一缩，大喝一声，就要将沈煜送出重围。他自己在行动前规定不可对别人施以援手，可他自己却无视了自己的规定。行动失败了，朱元璋的真身并不在轿子里，有人知道了他们的行动，他们被可信赖的人出卖了。

壶丘洞天一念及此，万念俱灰。他一把将沈煜推到外围文殊师利与聂道根身边，大喝道：『你们带煜儿、名儿快走，我来挡住他们！』

刘客幽与左丘飞鸿赶到，壶丘洞天以一己之力对二人及张仲纪一行痛下杀手，只为了争取片刻的时间让他们脱身。文殊师利与聂道根拉着沈煜正要去许名处，却被沈煜甩开。他二人受伤不轻，已是拉不住她了。

沈煜冷冷地说道：『要走你们走，我不会离开师父。』

前方一个身影跌撞过来，栽进了沈煜的怀中，正是壶丘洞天本人。壶丘洞天口中鲜血狂喷，抓着沈煜的手说道：『你怎么还不走？你怎么还不走？』

沈煜凄苦地回道：『弟子愿与师父一起战死。』

壶丘洞天仰天叹道：『痴儿！痴儿！』他未能为陈友谅报得大仇，早已萌生死意。见沈煜若此，他忽然平静下来，周身真气鼓荡，吐气开声，一掌就印在了沈煜的头顶。沈煜只觉得自己体内的经脉似乎被拍化了一般，左半边的炽烈与右半边的阴寒交织相融，赤焰与冰煞渐渐地不再分彼此。

却听见耳边文殊师利一声『阿弥陀佛』，她望向怀中的壶丘洞天，只见他表情安宁祥和，已然气绝身亡了。

大敌已去，刘客幽与左丘飞鸿皆暗叹一声，不再向前。张仲纪与掌书、赞教二使却逼了上来。张仲纪对跪在地上的沈煜喝道：『大胆贼子！敢行刺皇驾，幸得你们的行动被提前识破，否则后果不堪设想！你若肯认罪伏诛，可以留你全尸！』

沈煜缓缓地抬起了头。张仲纪只看见一双黑得可怕的眸子与一朵正在燃烧的冰莲。沈煜悲怒达到极点，又被张仲纪言语一激，遂于此时入魔。她身化无边炼狱，黑炎熊熊，然而在滚滚的黑炎之中，却盛开着一朵硕大无比的黑色冰莲。

文殊师利见状，低头念道：『阿弥陀佛！老僧一生追求真火三昧，如今亲眼见火海中诞出冰莲，直如佛祖亲至，老僧还有何不舍？』

他转过头对聂道根一点头，说道，『与聂施主有缘一行，老僧这就先去了。』

他不等聂道根劝阻，已迈步踏入冰莲火海。文殊师利半生认准壶丘子为金粟如来后身，维摩诘居士，今日亲眼见到其死在自己面前，亦是生无可恋。只见文殊师利浑身被黑炎包裹缠绕，瞬息湮灭，片刻后黑晶冰莲在火海中绽开，冰莲的中心坐着一尊小小的文殊师利菩萨金身。

许名颤巍巍地站起来，大喊了一声：『师姐！』

数年后，江湖书局出了一部《刀斧琴壶录》，以覆巢行动为主线，详细刻画了这次刺杀行动的来龙去脉。书籍印刷出来后即大卖，初印的一百本顷刻间贩卖一空。书局及时加印三百本投放在应天府各大书铺，又在很短时间内售罄。其后数年，此书一直在加印中，南国武林中识字的武者几乎是人手一本。

此书的最后提到，沈煜入魔后狂暴而死，可在死前亦重伤了张仲纪。文殊师利、聂道根、许名皆在此役中战死。而那两名黑衣人却如鬼魅般消失在山道上，留下的只有两具全身披挂的黑布袍。

冯青雯与文立木在战场上被人接走，有人猜测接走他们的是『一笛风』的讴永言，有人猜不是。只是后来朝廷派兵进攻『一笛风』，却发现宅子里早已人去楼空。

张仲纪护驾有功，受到了圣上的重重赏赐。不过他受伤太重，加上年岁大了，之后一直都没能恢复过来。

就在覆巢行动当日，一个锦衣人拿着一把剑，走进了西湖灵隐的小西天。小西天再往下走二十里，有一处宅院。宅院里有大片的竹林，还有一处养满锦鲤的池塘。

池塘边有一个妇人，和一个刚七八岁的孩子。

孩子倚在妇人的腿上，问道：『老姑，这池子里的鱼为何总是游来游去？』

妇人笑道：『你这孩子，怎么只知道叫我老姑？我有那么老么？』

孩子眨着眼睛说：『我爹娘没死的时候，我家里就有个老姑。我喊习惯了，喜欢喊老姑。老姑还有个老姑父，老姑父怎么不在这儿？』

妇人悠悠说道：『你老姑父在宅子外面会客，一会儿就进来。』

佩剑的锦衣人站在宅子外面，他面前站着另一个佩剑的布衣男子。

锦衣人看了看他的剑，问道：『你就是用这把剑杀了原翰宗？』

布衣男子一言不发。

锦衣人说道：『在下华西楼，特来领教当今天下第一剑关墨之风采。』

宅子外面隐隐有剑光一闪。过了一会儿，关墨走到池塘边，站在妇人身边说道：『海琳，你身子弱，还是进屋里歇息吧。』

海琳笑道：『不打紧，我和小梦子在这看看锦鲤，说说话，挺好。』

小梦子喊了一声『老姑父』，就跑到池塘那头用树枝叉鱼去了。

海琳问他：『结束了？』关墨点了点头。

『来人是谁？』

『原翰宗的师兄，曾经的天下第一剑，华西楼。』

『他剑法如何？』

『很好，他接住了我第一剑。』

『第二剑呢？』

『也接住了。』

『那第三剑呢？』

『没有人可以接的了我三剑。』

海琳没有再问，转过头去看小梦子。

『这孩子父母都死了，很可怜，咱们一直带着他吧。』

关墨沉默片刻，开口说道：『下个月我要开始教他练剑，三年后他即会有小成，十年之内超过各大剑派首席弟子，二十年内名满天下，跻身五大剑客之列。』

海琳饶有兴致地看着他，说道：『你这么看好他？』

关墨微微颔首，说道：『他是个练剑的奇才，我相信二十年后，江湖上一定会有一个人称神剑昔梦的剑客存在。』

小梦子不知道他们在说什么。树枝又中了一条锦鲤，锦鲤在水中翻了个身，又游到远处去了。

www.ingramcontent.com/pod-product-compliance
Lightning Source LLC
LaVergne TN
LVHW030010180726
843489LV00011B/3238
* 9 7 8 8 4 1 2 3 1 9 9 0 3 *